Gian Maria Calonder

Endstation Engadin

Ein Mord für Massimo Capaul

Roman

Kampa

Für den Blick hinter die Verlagskulissen:
www.kampaverlag.ch/newsletter

Lektorat: Bahar Avcilar

www.kampaverlag.ch
Satz: Tristan Walkhoefer, Leipzig
Gesetzt aus der Stempel Garamond LT
Druck und Bindung: Friedrich Pustet, Regensburg
Auch als E-Book erhältlich
ISBN 978 3 311 12009 4

I

Nach dem ersten Schnee und einigen verhangenen Tagen war das schöne Wetter zurück. Das Tal lag kurz vor sechs Uhr früh noch in tiefer Dämmerung, doch der Himmel über den scharfkantigen Bergraten strahlte bereits blau. Einige ganz zarte, rosenrot gefärbte Wolkenschleier durchzogen ihn. Sie erinnerten Capaul an den Brustflaum eines Flamingos und weckten die Fantasie, ein Jungvogel zu sein, der unter warmen, mütterlichen Fittichen dem Leben entgegenfiebert.

An einem solchen Morgen war es unmöglich, noch immer schlechter Laune zu sein. Die bittere Tatsache, sagte sich Capaul, dass er bereits vor seinem eigentlichen Dienstantritt suspendiert worden war, lächerlicher Formfehler wegen, musste man nicht zwingend als Schmach ansehen. Womöglich war Offizier Gislers Befehl: »Setzen Sie sich zu Hause hin und legen Sie die Hände in den Schoß, bis ich entschieden habe, was mit Ihnen geschieht«, nicht einmal eine Strafe, sondern nur der freundliche Rat, sich auszuruhen und Kraft zu tanken für die kommenden Aufgaben als Oberengadiner Polizist.

Im Bad pfiff er kreuz und quer vor sich hin und blieb hängen bei *Ich fange nie mehr was an einem Sonntag an*, wohl weil gerade Sonntag war. Das musste Bernhild geweckt haben, denn als er in die Wirtsstube kam, war sie schon unten, in Bademantel und ihren grasgrünen Crocs, und deckte sein Feiertagsfrühstück, Café complet mit Aufbackgipfeli aus der Mikrowelle.

»So vergnügt heute?«, fragte sie. »Da hat wohl einer gute Nachrichten?«

»Die brauche ich gar nicht. Das Wetter ist einfach zu herrlich, ich fliege aus. Und zwar nach Bergün, mit der Bahn.«

Während sie auch für sich Kaffee machte, sagte sie auf, was wohl die Engadiner Tourismusbehörde den Gastwirten aufzusagen empfahl: »Hundertvierundvierzig Brücken und Viadukte, zweiundvierzig Tunnels, UNESCO-Kulturerbe. Auf gut einundsechzig Kilometern …« Mit dem Kaffee in der Hand wollte sie sich zu ihm setzen.

Doch Capaul hatte nur im Stehen ein Gipfeli in sich gestopft. Entschuldigend nuschelte er: »Morgens um sieben ist die Welt noch in Ordnung«, so hieß ein Buch, das seine Mutter geliebt hatte. Als er merkte, dass er völlig unverständlich war, spülte er mit Kaffee nach, doch dabei verschluckte er sich und musste husten. Und weil er dabei aus Anstand die Lippen zusammenpresste, gerieten ihm Kaffee und Krümel in die Nase.

Während er mit tränennassen Augen nach der Serviette tastete, um sich zu schnäuzen, trank Bernhild stumm ihren Kaffee, dann stellte sie spröde fest: »Es sollen schon Leute an ihrem Kaffee erstickt sein. Gute Fahrt denn, und denk bitte daran, dass immer sonntags die Miete fällig ist.«

Das versprach er, sich immer wieder räuspernd, weil noch immer Krümel in der Luftröhre klebten. Dann verließ er das Wirtshaus Zum Wassermann.

Zuvor las er auf dem Fahrplan der Rhätischen Bahn

im Windfang, dass der Frühzug 06:07 schon fort sein musste, deshalb wollte er dorfaufwärts gehen, um beim Bankautomaten Geld zu ziehen. Als er auf die Straße trat, sah er allerdings einen der kurzen roten Züge abfahrbereit im Bahnhof stehen. Und weil der Wassermann nur wenige Schritte von der Station entfernt lag, beschloss er, sein Glück zu versuchen, und rannte los. Einer der Rangierarbeiter, die ihm entgegenkamen, weil sie wohl schon zu so früher Stunde bei Bernhild einkehren wollten, rief ihm etwas zu, vielleicht einen Gruß. Capaul rannte winkend weiter und erreichte glücklich Gleis 2, bevor der Zug anfuhr.

Er hatte sich ausgemalt, dass der erste Zug sonntags sicherlich leer sein würde, und wollte während der Fahrt durch den menschenleeren Zugwagon schlendern, mal auf dieser, mal auf jener Seite die Aussicht genießen, wie es ihm eben passte. Er wollte ein wenig Herr über eine dieser kleinen bulligen Maschinen spielen, die jeden Tag emsig und so unbeirrbar wie Steinböcke die Berghänge und Klüfte der Bündner Alpen bezwangen.

Daraus wurde nichts. Zwar war es tatsächlich der Frühzug, der mit bollerndem Motor auf Gleis 2 wartete, doch augenscheinlich waren die Fahrgäste – und das waren nicht etwa zwei, drei – gebeten worden, wieder auszusteigen. Denn das Perron war gut gefüllt mit Männern in der zweiten Lebenshälfte, offenbar einer Reisegruppe, die wiederum in verschiedenen Grüppchen beisammenstanden und fröhlich wie eine Grundschulklasse plauderten. Die meisten trugen über der Jacke ein rotes T-Shirt in XXXL, entweder mit der Aufschrift *Albula II Juhei* oder *RhB, was wotsch no meh*. Einige hatten ein

RhB-Käppi auf, einer einen Kondukteurshut. Generell wurde Schweizerdeutsch gesprochen, einige schienen Franzosen oder Romands zu sein, und einer sprach eine Sprache, die Capaul nicht identifizieren konnte, aber es schien ihn auch sonst keiner zu verstehen. Dazwischen entdeckte Capaul drei vereinzelte Jäger mit Flinte und Rucksack, die stumm vor sich hin starrten.

Ein vergnügtes Quartett stand vorn bei der Lok, offenbar gab es dem Lokführer ein Ständchen.

»Üsri RhB
Hät es Tunnel meh.
Ganz bequem und lässig
Fahred mir vu A nach B.«

Capaul erkundigte sich bei einem der Jäger: »Sagen Sie, gibt es ein Problem?«

»Nicht, solange ich nicht mitsingen muss«, murmelte der Jäger und blickte weiter vor sich hin.

»Ich meine, mit dem Zug. Ist etwas kaputt?«

Der Jäger sah ihn mit steingrauen Augen an, er hatte noch Schlaf in den Augenwinkeln.

»Die müssen wohl noch Material von den Schienen räumen, das ist beim ersten Zug nicht unüblich.«

»Material?«

»Ja, Material.« Der Jäger wandte sich ab und fixierte die Perronkante.

»Was muss ich unter Material verstehen?«

Der Grauäugige stieß hörbar Luft aus der Nase und lieh ihm nochmals einen kurzen, müden, vielleicht auch gereizten Blick. »Material halt. Steine, Dreck. Was so runterkommt. Die Berge, das ist nichts Festes, die sind stets in Bewegung. Das Gestein fließt. In einer Million Jahre wird hier alles flach sein. Weil sich eben dauernd Material löst.«

Eine Eisenbahnpfeife schrillte. Die Kontrolleurin stand auf der obersten Stufe der nächstgelegenen Wagontür und rief: »Sie können nun doch einsteigen, die Strecke ist jetzt freigegeben.«

Ohne ein Zeichen der Erleichterung setzte der Jäger sich in Bewegung und stieg dort ein, wo sie stand. Capaul folgte ihm.

Die Kontrolleurin stand so, dass sie den Fahrgästen beim Einsteigen behilflich sein konnte, natürlich lehnte Capaul das ab. *Janine Hess, Zugchefin*, stand auf ihrem Namensschild. Sie konnte kaum älter als zwanzig sein und wirkte trotz der frühen Stunde ausgesprochen munter.

»Wo kam denn das Material herab?«, erkundigte sich Capaul, doch sie schien ihn nicht zu hören, sondern konzentrierte sich ganz auf die nächsten Passagiere. Ausnahmslos alle erklommen die Treppe ohne ihre Hilfe, manche betont sportlich. Nachdem Capaul noch kurz gewartet hatte, ob vielleicht doch noch eine Antwort kam, suchte er sich einen Sitzplatz.

Der Wagon war einer der gemütlichen alten, mit herunterziehbaren Fenstern und abgewetzten Rippstoffbänken ausstaffierten Zweitklasswagen, es roch anheimelnd nach einer Mischung aus Gummi, Putzmittel und letzten Spuren von Rauch. Während Capaul sich einen Fensterplatz eroberte und hinaussah, fuhr der Zug an. Inzwischen tauchte die Morgensonne die ersten Gipfel in aprikosenfarbenes Licht, das Wolkengefieder hatte sich fast gänzlich aufgelöst. Nur über dem Bett des Inn lag blasser Dunst, und einige Krähen stritten um etwas, das Capaul nicht erkennen konnte.

In seinem Rücken betrat Janine Hess den Wagon, schloss schwungvoll die Tür und rief: »Die Fahrkarten bitte!« Capaul saß gleich im ersten Abteil.

»Es kam kein Material herab, es war ein Tier auf der Strecke«, sagte sie, als sie ihn sah.

Das verwunderte Capaul: »Welches Tier ist so schwer von der Strecke zu jagen? Wir haben eine halbe Stunde Verspätung.«

Der Gast neben ihm warf ein: »Bei S-chanf war mal ein Esel auf der Strecke. Der Bauer rannte hinterher, so liefen sie bis Zuoz, der Esel war nicht vom Gleis zu kriegen.«

»Kein lebendes Tier, ein totes«, präzisierte Janine Hess. »Mehr weiß ich auch nicht. Ihre Fahrkarten bitte.«

»Ich habe ganz vergessen, eine zu kaufen«, gestand Capaul. »Ich habe den wartenden Zug gesehen und bin gerannt. Gibt das eine Buße?«

Die Zugchefin schüttelte den Kopf: »Die RhB ist ja auch nicht pannenfrei. Aber ich muss einen Zuschlag von zehn Franken kassieren. Wohin fahren Sie?«

»Nach Bergün.«

Das machte hin und zurück vierundzwanzig Franken.

Während Capaul nach dem Geld kramte, fragte der grauäugige Jäger, der schräg gegenüber Platz genommen hatte: »Wo lag denn das Tier?«

Ehe Frau Hess antworten konnte, lachte Capaul: »Was für eine merkwürdige Frage. Will man nicht eher wissen, welches Tier? Vielleicht war es ja ein Bär.« Er meinte gelesen zu haben, dass im Engadin tatsächlich einmal ein Bär unter den Zug geraten war.

Die Miene des Jägers verriet eine gewisse Ungeduld. »Wir haben Hochwildjagd«, erklärte er. »Rehe und Gämsen sind zu leicht, ein Steinbock kommt nicht so weit runter. Es kann nur ein Hirsch gewesen sein, der wiegt schnell einmal zwei Doppelzentner. Die schafft keiner so leicht vom Gleis, schon gar nicht, wenn der Hirsch inzwischen festgefroren ist. Die Nächte in der Val Bever sind kalt. Ich will wissen, welcher Idiot ihn geschossen hat. Jeder von uns hat sein Revier. Und man schießt kein Tier, das man nicht bergen kann.«

Inzwischen war der Zug langsamer gefahren, nun hielt er an. Die Zugchefin warf einen Blick hinaus, murmelte eine Entschuldigung und eilte in den vorderen Zugteil.

»Spinas«, stellte einer aus der RhB-Truppe fest, »in Spinas hält sonst erst der 07:16 ab Samedan.«

Überall wurden die Fenster heruntergezogen, die Männer beugten sich hinaus, reckten die Hälse, diskutierten.

»Die Strecke ist geschlossen.«

»Ich sehe kein Signal.«

»Da, bei der Tunnelpforte. Beim Förderband. Das Gelbe ist ein Förderband.«

»Danke, so klug bin ich auch, Hermi. Schließlich bauen sie den Tunnel.«

»Nenn mich nicht Hermi.«

»Wir verpassen die Baustellenführung.«

»Was heißt ›verpassen‹? Wen will er denn führen, wenn wir nicht kommen? Das ist ein Exklusivanlass, der wird schon warten. Wer führt überhaupt, der Furrer?«

»Ist das dort das Klohäuschen? In Spinas soll das letzte Plumpsklo der RhB stehen.«

»Ich wüsste lieber, warum das Signal auf Rot steht. Hatte sie nicht gesagt, die Strecke ist freigegeben?«

»Offenbar liegt das Tier im Tunnel.«

»Ja, aber warum haben sie die Strecke freigegeben, und jetzt ist sie wieder zu?«

»Ruf doch den Furrer an.«

»Wozu? Der wird auch gehört haben, dass die Strecke zu ist.«

»Ja, aber vielleicht weiß er, wieso.«

»Jetzt warte doch ab, die Dame wird es uns schon sagen.«

»Merde alors, il fait froid, fermes les fenêtres. Jamais vu un train en arrêt?«

Capaul und der Jäger waren sitzen geblieben. Ein zweiter Jäger weiter vorn beugte sich in den Mittelgang vor.

»Uei«, rief er leise. »Adam.«

»Che?«, fragte der Grauäugige, ohne sich zu rühren.

»Eau nu craj cha que giaja inavaunt. Quecò nu d'eira üngüna bes-cha.«

»Quelo d'heja eir güsta m'impisso.«

Adam stand auf, schulterte den Rucksack, ohne dabei das Gewehr loszulassen, und verließ den Zug. Auch der andere Jäger kam den Gang entlang. Er war einiges jünger als Adam, doch Capaul sah, dass er die gleichen steingrauen Augen hatte. Auch er stieg aus, darauf sah Capaul draußen den dritten Jäger das Perron entlanggehen. Er hätte gern gewusst, was sie gesprochen hatten.

Dann kam Zugchefin Hess zurück: »Es geht nicht weiter«, erklärte sie. »Entweder Sie steigen hier aus und warten auf den 07:16, oder Sie fahren mit uns zurück nach Samedan.«

Gleich wurde sie von den RhB-Freunden belagert, aber freundlich schob sie sie beiseite und bahnte sich einen Weg zu Capaul. »Ich habe Ihnen noch gar kein Billett ausgestellt.«

»Glauben Sie denn, der 07:16 fährt nach Bergün?«

»Ich habe keinen Schimmer«, erklärte sie offen.

»Die Jäger gehen zu Fuß, glaube ich.«

»Aber die wollen auch nicht nach Bergün, die jagen da oben irgendwo.«

»Ich muss auch nicht unbedingt nach Bergün, ich will nur den Tag genießen.«

»Man kann in der Val Bever sehr schön spazieren gehen«, sagte Janine Hess und gab ihm sein Geld zurück. Dann wandte sie sich den anderen zu: »Bitte herhören. Ich habe im Gasthof Spinas angerufen, der Wirt öffnet früher für Sie. Sie können dort Kaffee trinken und werden informiert, sobald es weitergeht.«

»Was um Himmels willen ist das für ein Tier?«

»Wer sagt denn, dass es ein Tier ist?«

»Na, sie hat es gesagt.«

»Ruf den Furrer an.«

In großem Gedränge verließen alle den Zug. Capaul knöpfte die Jacke zu, draußen war es empfindlich kühl. Während die anderen auf den Gasthof zusteuerten, blieb er stehen, er hatte keine Lust auf Gesellschaft. Die Jäger offenbar auch nicht. Der dritte stand bei der Bahnhofsrampe, löste beide Schnürsenkel und knotete sie neu. Es sah nicht nach Notwendigkeit aus, eher nach Gewohnheit, oder mehr noch, als wollte er Zeit schinden. Adam betrat gerade die Brücke, die über einen schmalen Bach führte. Der Junge war bereits bei den ersten Bäumen, mit fliegenden Schritten stieg er den Berg empor. Der dritte wartete, bis auch Adam den Hang erreicht hatte, bevor er sich ebenfalls auf den Weg machte. Capaul war ziemlich sicher, dass es sich um einen Vater mit seinen Söhnen handelte.

Auch Capaul band seine Halbschuhe enger, denn er rechnete mit schwierigem Terrain. Dann ging er in dieselbe Richtung wie die Jäger. Der Weg führte an Baracken, Baumaschinen und Schutthalden vorbei. Ein Schild informierte über den Neubau des Albulatunnels, und an einem Bauschuppen hing eine Leuchttafel: *Arbeitsgemeinschaft Neubau Albulatunnel II. Diese Baustelle ist unfallfrei seit 513 Tagen.*

Hoch oben flog ein Helikopter, zu hoch, als dass man erkennen konnte, ob es die Rega war. Doch Capaul beschloss endlich, seinen Kollegen Jon Luca anzurufen.

»Hast du Dienst?«, fragte er. »Ich bin im Val Bever. Was ist im Tunnel passiert? Ich höre einen Helikopter, braucht ihr mich?«

»Nein«, sagte Jon Luca verschlafen. »Zweimal nein. Nein, ich bin nicht im Dienst. Und nein, wir brauchen dich nicht. Ich habe Piket. Wäre etwas, hätte ich einen Anruf bekommen. Keine Ahnung, ob im Albulatunnel etwas ist.«

»Es hieß, ein totes Tier ist auf der Strecke.«

»Na also«, sagte Jon Luca nur. »Darf ich jetzt weiterschlafen? Und wieso bist du nicht im Bett? Hat Gisler dir nicht Hausarrest gegeben?«

»Hausarrest? Nein, bestimmt nicht, das war nur ein guter Rat«, behauptete Capaul und legte auf.

Kurz war die gute Laune wie weggeblasen. Doch dann wehte der Duft von Lärchen und feuchter Erde herbei, ein leises, zauberhaftes Rauschen erhob sich, obwohl Capaul nur Lärchen und Nadelbäume sah – er wusste gar nicht, dass die so rauschen konnten. Und dann entdeckte er oben am Berg, an einer Stelle, die fast überschüssig war, einen Raubvogel. Es war kein Bussard, sondern etwas Größeres, ein Bartgeier oder Adler. Inzwischen reichte die Sonne bis dorthin.

Capaul betrat das Brücklein und spuckte zum Spaß in den Bach, dann begann er wieder zu pfeifen: *Ich fange nie mehr was an einem Sonntag an*. Als er kurz nach Spinas zurückblickte, sprang am Bauschuppen die Leuchttafel gerade zurück auf null.

II

Capaul hatte eine wilde, urwüchsige Landschaft erwartet, doch die Tour durch das Val Bever entpuppte sich als besserer Spaziergang. Die Jäger waren steil bergwärts gestiegen, dem Albulapass entgegen. Er hingegen wollte nur über Bever zurück nach Samedan, und jener Weg war gut gepfadet, mancherorts gar gekiest. Überall waren Zeichen der modernen Zivilisation: Lustige Holzskulpturen säumten den Weg, zudem passierte Capaul einen bunten Eimer für Hundekot mit der freundlichen Mahnung *Ihr Liebling hat etwas liegen lassen*, zwei temporäre Toilettenhäuschen sowie eine an eine Tanne geschraubte Sparbüchse mit der Aufschrift *Spende für die Winterfütterung der Vögel, danke*. Als er einen Spielplatz mit mannsgroßer Pingu-Figur und einer Plastikrutschbahn in Form einer Enzianblüte erreichte, rastete er kurz und freute sich über den Waldduft, den Raureif, der hier und da den Boden bedeckte, und an den Kühen, die frei zwischen den Bäumen umherstreiften. Sie trugen nicht einmal Glocken.

Er hatte Hunger, klugerweise hätte er sich vor der Tour im Gasthaus Spinas mit einem Stück Nusstorte oder einem Salsiz eingedeckt, außerdem fror er. Trotzdem raffte er sich erst auf, als er zwischen den Bäumen jemanden kommen sah und plötzlich dachte, dass es vielleicht ungehörig war, als Mann auf einem Kinderspielplatz zu sitzen. Der andere Wanderer trug eines jener roten Leibchen *Albula II Juhei* und über der Schulter eine massige Fototasche. Sein wirres schwarzes Haar und der schlecht gestutzte Vollbart erinnerten an Räuber Hotzenplotz, und Capaul wunderte sich, dass der Mann ihm nicht schon in Samedan aufgefallen war. Da er zügig unterwegs war, ließ Capaul ihn passieren, grüßte, wie es sich gehörte, mit »Allegra« und erntete dafür ein unbestimmtes Grunzen. Danach machte er sich auch wieder auf den Weg. Doch nun war er in Gedanken erneut bei der Bahn, und als der Hotzenplotz bei einer Bank hielt und die Fototasche durchsuchte, sprach er ihn an.

»Verzeihung, wir waren wohl im selben Zug. Ist die Strecke wieder frei? Ist inzwischen bekannt, was den Unterbruch verursacht hat?«

»Keine Ahnung«, sagte der Hotzenplotz mit Basler Akzent. »Wenn morgens um sieben schon Wein fließt, mache ich mich rar. Die Führung war mir nicht so wichtig. Ihnen ja offenbar auch nicht.«

»Ich weiß von gar keiner Führung.«

»Die RhB-Freunde erhalten heute eine Sonderführung durch die Tunnelbaustelle. Nicht die übliche Tour den Schaukästen nach, nein, richtig tief hinein in den Tunnel, dorthin, wo gebohrt und gesprengt wird. Das ist so interessant wie obszön, ich jedenfalls muss nicht zum bloßen Vergnügen zusehen, wie die Männer Tag für Tag im Berg für schlechten Lohn ihr Leben wagen.«

»Ja, aber warum sind Sie dann überhaupt mitgefahren?«

Darauf erhielt Capaul keine Antwort. Der Hotzenplotz hatte gefunden, was er suchte, ein kleines Fernglas, das er sich um den Hals hängte. »Bald wimmelt es hier von Familienausflüglern«, sagte er. Offenbar wollte er das Gespräch beenden.

»Ich hatte mir den Weg auch romantischer vorgestellt, hier hat es bald mehr Toiletten als Bäume«, sagte Capaul im Versuch, dem Hotzenplotz ein Lächeln zu entlocken.

Doch der wurde noch finsterer: »Wäre Ihnen lieber, hier wäre alles verkotet? Sie spazieren nun mal auf dem Märchenweg. Märchen, das bedeutet Kinder, und Kinder bedeuten Kot, Rotz und Kotze, das liegt in der Natur der Dinge.«

»Na, na«, rief Capaul. »Ich erwarte ja nicht, dass jeder Kinder mag, aber sie auf ihre Ausscheidungen zu reduzieren …«

»Moment, wer sagt, dass ich keine Kinder mag? Ich verschließe nur deshalb nicht die Augen. Leider leben wir in einer Epoche exzessiver Schönfärberei, alles hat nett, angepasst und duftend zu sein. Was ist die Folge? Darunter kocht die Jauche umso höher.« Der Hotzenplotz schulterte die Tasche und enthüllte eine Inschrift an der Bank: *Silva Family*. »Ich sage Ihnen«, fuhr er engagiert fort, »das wird für unsere rosarote Zuckerwattegesellschaft noch ein übles Erwachen. Scheiße wird nämlich nicht zu Gold, indem man sie vergoldet, auch wenn sich das alle noch so sehr wünschen. Und der böse Bube ist letztendlich nicht, wer unter der glänzenden Oberfläche die Scheiße wittert. Der böse Bube ist, wer ein Vermögen damit macht, dass er euch Dummen Scheiße für Gold verkauft. Aber bis ihr das begreift, wird es zu spät sein.« Damit war das Gespräch endgültig beendet, und er marschierte mit ausgreifendem Schritt weiter.

Capaul setzte sich auf die Bank und sah ihm nach, dann blickte er sich nach Zeichen des Märchenwegs um, den der Mann erwähnt hatte. Er konnte sich darunter nichts vorstellen. Ob der Spielplatz Teil davon war? Oder diese Holzfiguren? Er entdeckte ein Tier, das in einem Loch in der Bank verschwand und in einem anderen wieder auftauchte, wohl eine Schlupfwespe, stand auf, um nicht etwa gestochen zu werden, und sah ihm kurz zu, dann hörte er irgendwo im Wald leises Klappern. Rund fünfzig Meter oberhalb des Wegs, halb hinter Bäumen verborgen, sah er etwas Buntes, vielleicht ein Häuschen. Er stieg den frostigen Boden empor, manchmal musste er sich abstützen, wobei der Raureif unter seinen Fingern schmolz. Als er näher kam, begriff er, dass das Klappern vom Rauch eines schmalen runden Blechkamins herrührte – oder besser vom dünnen Deckel, der den Kamin deckte, wohl damit es nicht hineinregnete. Der austretende Rauch hob ihn immer wieder kurz an, dann fiel er mit leisem »Pling« zurück. Das Häuschen war im Übrigen kein Häuschen, sondern ein Bauwagen aus bemaltem Blech.

»Hallo?«, rief er und stieg weiter. »Allegra.«

Gleich darauf wurde das einzige kleine Fenster aufgeschoben, und eine betörende Frauenstimme sprach halb, halb sang sie:

»Come in, come in
Whoever you are
And meet a young lady
Who fell from a star.«

Das ließ Capaul sich nicht zweimal sagen. Er stieß die Tür auf und betrat den gut geheizten Wagen. Drinnen brannte kein Licht, das Fenster war trüb. Nachdem seine Augen sich einigermaßen an die Dunkelheit gewöhnt hatten, erahnte er eine Frau in weißem Kleid, die im Schneidersitz auf einem Fellbett saß und ihn erwartungsvoll ansah.

»Das ist ja ganz bezaubernd«, hörte Capaul sich sagen, er wunderte sich über seine eigenen Worte. »Aus welchem Märchen sind Sie denn wohl?«

Die Frau stand schweigend auf und zündete umständlich eine Art Grubenlampe an, die in der Mitte des Bauwagens von der Decke hing, dann winkte sie ihn näher und betrachtete ihn lächelnd im rötlichen Licht der zischenden Lampe. Endlich sagte sie, wieder mit dieser warmen, brüchigen Stimme: »Ein neues Gesicht, sieh da. Und wie heißt du?«

»Massimo.« Und du?, wollte er fragen, aber irgendwie blieb ihm die Stimme weg.

Sie war nicht so jung, wie er zuerst gedacht hatte. Im Lächeln bildeten sich um ihre Augen Krähenfüße und in den Mundwinkeln mehrere feine, scharfe Grübchen. Sie hatte breite Wangenknochen, eine kindlich kleine Nase mit Sommersprossen und aschblondes Haar, das sie wohl selbst zu einer Art Pagenkopf geschnitten hatte. Trotz des Rauchs im Wagen roch Capaul Rosenduft und glaubte den warmen Hauch ihres Atems zu spüren.

»Wie heißt das Märchen?«, fragte er stattdessen, fast tonlos.

»Sag du es mir.«

»Ich weiß nicht, was steht denn zur Auswahl?«

Mit einem leisen Seufzer blies sie die Lampe wieder aus und zündete eine Kerze an. Aus einem Krug, der auf dem Bollerofen stand, goss sie Rauchtee in eine Tasse und reichte sie ihm, dann setzte sie sich zurück aufs Fellbett. Weil Capaul keinen Stuhl fand, setzte er sich auf eine leere Getränkekiste.

Abermals musterte sie ihn, dann sagte sie, wieder mit dieser unerhört einlullenden rauchigen Stimme: »Ich muss ja gestehen, ich hatte einen anderen erwartet.«

»Oh – soll ich wieder gehen?« Capaul stand auf. Er wollte die Tasse abstellen, wusste aber nicht wohin, denn der Tisch war von Büchern übersät, von denen einige sehr alt und vermutlich kostbar waren, und behielt sie dann doch in der Hand.

»Nein, nein, setz dich wieder. Nichts geschieht grundlos. Und das ist keine Plattitüde. Seit ich hier im Wald lebe, hat jeder einzelne Mensch, der angeklopft hat, mich auf ganz eigene Art reicher gemacht.«

Capaul hatte sich gesetzt, nun sprang er nochmals auf. »Ach so, ja. Natürlich kann ich auch etwas bezahlen. Sind dreißig Franken angemessen?« Er fand die Scheine nicht gleich, denn im Zug hatte er sie nur eben in die Jackentasche geschoben.

Still sah sie ihm beim Suchen zu, nahm das Geld und schob es unter die Felle. Dann sagte sie: »Danke, an Geld hatte ich gar nicht gedacht.«

»Sonst kann ich auch Holz hacken oder abwaschen. Ich bin ein guter Abwäscher.«

Sie lachte leise, bestimmt hatte sie nicht mehr als einen Teller, etwas Besteck und diese Tasse. »Holz nachlegen kannst du. Nur ein Scheit, da drüben liegen welche.«

Er holte eines und schob es ins Rohr, was nicht ganz einfach war, weil er noch immer die Tasse hielt. Danach war ihm schwummrig zumute, und er setzte sich. Sein Kopf war heiß. »Und nun?«, fragte er mit belegter Stimme.

»Ja, wenn ich das wüsste«, sagte sie verspielt. »Irgendwie werde ich mir das Geld verdienen müssen.«

Die Bemerkung hatte nichts Obszönes, nicht im Geringsten, trotzdem fürchtete Capaul um den heiligen Moment. »Oh, ich bin schon reich beschenkt, ich erwarte gar nichts«, versicherte er eilig.

Diesmal lachte sie laut. »Umso besser. Dann verrate mir, Massimo, was dich so früh in die Val Bever treibt.«

Er stutzte. »Ich dachte immer, es heißt ›das Val Bever‹.«

»Nein, nein«, versicherte sie. »La val, il piz. Das Tal ist weiblich, der Gipfel männlich, das Romanische ist sehr direkt. Also, was treibt dich her?«

»Der Zufall.«

»Es gibt keinen Zufall.«

»Ja, was dann, die Vorsehung? Vielleicht ein Fluch?« Er lachte. In seinem Kopf herrschte eine ganz unbekannte Leichtigkeit, Worte und Gedanken schwebten schillernd wie Seifenblasen. »Jedenfalls blieb der Zug stehen, der Tunnel ist gesperrt.«

»Ach so.« Sie sagte es, als erkläre sich daraus so einiges, doch Capaul hatte den nächsten Satz schon auf den Lippen und war zu benommen, um zu reagieren.

»Auf der Strecke lag nämlich ein totes Tier«, erklärte er, »ein Hirsch vermutlich.« Wieder lachte er.

Verwundert fragte sie: »Massimo, was gibt es da zu lachen?«

»Ja, eigentlich gar nichts«, gab er zu. »Der arme Hirsch.« Trotzdem lachte er weiter.

Sie beugte sich leicht vor und sagte eindringlich: »Zum Leben gibt es zwei Wege. Der eine ist der gewöhnliche, direkte und brave. Der andere ist schlimm, er führt über den Tod, und das ist der geniale Weg.«

»Genial in welchem Sinn?«, fragte Capaul heiter.

Aber offenbar war die Lektion damit beendet, denn sie stand auf und öffnete die Tür.

»Zeit, mich zu verabschieden.« Er erhob sich ebenfalls und stellte die Tasse auf die Kiste.

»Ich wollte nur lüften, die Karbidlampe stinkt.« Aber sie hielt ihn nicht zurück, sondern folgte ihm nach draußen.

»Darf ich wiederkommen?«, fragte er. Bei Tageslicht war ihr Kleid nicht weiß, es war aus ungefärbtem Leinen. Und sie hatte auch auf der Stirn spinnwebfeine, aber messerscharfe Falten. Er schätzte sie auf etwa gut vierzig.

»Falls du ein zweites Mal herfindest.«

Während er sich an den Abstieg machte, blieb sie draußen stehen. Die Sonne reichte inzwischen bis auf den Talboden, der Raureif war geschmolzen, auf der Erde tanzten Lichtflecken. Capaul drehte sich nochmals um, er wollte winken – wie ein Schulbub, der sich schwertut, von daheim loszuziehen. Allerdings sah sie ihm nicht nach, sondern talaufwärts, zum Albula hin.

Alles war wie verwandelt, das Licht so golden, das Grün so satt. Capaul wartete nur darauf, hinter der nächsten Wegbiegung einem Einhorn oder Zwergen zu begegnen. So wunderte er sich auch nicht, als er das Rumpeln, Trappeln und Gebimmel einer Pferdekutsche hörte. Darin saß eine Gruppe angeheiterter RhB-Freunde. Capaul machte Platz, um sie vorbeizulassen, doch jener, der neben dem Kutscher auf dem Bock saß, vielleicht eine Art Anführer, bat den Kutscher zu halten: »Wir hätten noch Platz. Zweien von uns ist schlecht geworden, die laufen lieber.«

»Ja dann«, sagte Capaul und stieg auf, denn der Hunger plagte ihn inzwischen heftig, und auch der Marsch strengte an.

»Ist der Tunnel noch immer gesperrt?«, schrie er gegen den Fahrlärm an, als die Pferde weitertrabten.

Die anderen winkten ab. »Es war nur zu spät für unsere Sonderführung. Und nach Preda fahren wir dann sowieso zum Durchstich.«

»Und was für ein Tier war es nun?«

»Gar keines, ein Mensch. Der Lokführer konnte nur erst nichts erkennen. Lokomotivscheinwerfer strahlen im 45-Grad-Winkel. Wenn etwas zu nah am Führerstand ist, sieht man nichts. Und vielleicht traute er sich nicht auszusteigen. Jedenfalls musste die Polizei anrücken, und das hat natürlich gedauert.«

»Und geputzt musste werden«, fügte ein anderer hinzu. »Stell dir vor, es hält ein Zug im Tunnel, und an den Wänden klebt noch die ganze Schweinerei.«

»Es heißt, es hat ihn regelrecht gehäutet.«

»Wobei wir es gerade davon hatten, ob es wirklich der Zug war und nicht eher das Tuntschi.«

»Welches Tuntschi?«, fragte Capaul, dem nun auch leicht übel war.

»Sag nur, du kennst das Sennentuntschi nicht!«

Capaul konnte nicht antworten, weil jetzt alle durcheinanderredeten.

»Die Jäger würden sagen, er war abgebalgt.«

»Willst du behaupten, den hat einer erlegt?«

»Ihr redet alle Schwachsinn. Gerätst du in einem so engen Tunnel wie dem Albula zwischen Zug und Tunnelwand, raspelt es dir erst die Kleider ab und dann die Haut. Vor ein paar Jahren sind japanische Teenager durch den Brienzer Tunnel spaziert. Sie hatten den Wanderweg verloren. Und plötzlich war da nur noch eine Felswand, und eben der Eisenbahntunnel. Die wurden auch geraspelt.«

»Ich wäre geschwommen.«

»Wann? Wieso?«

»In Brienz. Die Zugstrecke führt direkt am See entlang. Und ich kenne keinen schöneren See.«

»Und der Silsersee? Der Silvaplaner?«

»Der schönste ist der Lai da Palpuogna, das ist Fakt, darüber haben die Schweizer abgestimmt.«

»Wie soll der heißen?«

»Lai da Palpuogna, gleich oberhalb von Preda.«

»Wer putzt da eigentlich?«

»In Preda?«

»Im Tunnel. Nach so einem Unfall.«

»Die RhB, denke ich.«

»Nein, jedenfalls haben wir so was nicht gemacht, als ich noch dabei war. Dafür gibt es Tatortreiniger.«

»Tatortreiniger! In Zürich vielleicht, aber hier draußen ...«

»In Zürich wirft sich keiner vor den Zug. Wenn schon, dann ...«

»Aber klar doch, von der Hardbrücke.«

»Wenn schon, dann ...«

»Überhaupt ist es eine verdammte Rücksichtslosigkeit, sich auf die Art und Weise umzubringen. Egal, wer da geputzt hat, solche Bilder brennen sich ein. Und zwar allen, dem Lokführer, dem Zugchef, der Putztruppe. Davon träumst du noch Jahre danach.«

»Um sich umzubringen, geht doch keiner in den Tunnel.«

»Die lange Gerade vor Zug-Schutzengel ist beliebt.«

»Was ›Schutzengel‹?«

»Zug-Schutzengel, das ist ein Vorort bei Zug, also bei der Stadt Zug. Da saß ich schon zweimal im Zug, also in der Eisenbahn, und er fuhr einfach nicht weiter. Viertelstunde, halbe Stunde. Und dann die Durchsage: Personenunfall.«

»Selbstmord, Schutzengel ... Wie passt das zusammen?«

»Ist doch egal, vielleicht ist es Zufall, und es ist einfach eine Neunzigerstrecke.«

»Es gibt keine Zufälle«, bemerkte Capaul, um auch wieder einmal etwas zu sagen, aber zu leise, um gehört zu werden.

»Cazis, in Graubünden werfen sie sich bei Cazis vor den Zug. Weil dort die Klinik ist.«

»Damit sie sich gleich wieder zusammenflicken lassen können?«

»Nicht so eine Klinik, Idiot, die Psychiatrie.«

»Das war einmal, jetzt kommt man nicht mehr so leicht aufs Trassee, sie haben einen Zaun gebaut.«

»Wie auch immer, da müsste einer schon sehr, sehr bekloppt sein, um extra nach Preda zu fahren und in den Tunnel zu schleichen, um sich umzubringen.«

Unverhofft erhielt Capaul von hinten einen Schlag auf die Schulter und zuckte zusammen. Es war der auf dem Bock. »Wir werden nach La Punt kutschiert, weil wir dort einquartiert sind. Willst du vorher raus?«

»Nein, nicht nötig«, sagte Capaul, sprang dann aber doch schon in Bever ab. Er aß am Bahnhof einen Appenzeller Biber aus dem Automaten und rief nochmals Jon Luca an. Der drückte den Anruf allerdings weg.

III

Als Capaul zum Wassermann kam, stellte Bernhild gerade die Wirtstafel vor die Tür. Darauf stand: *Ab 12 Uhr geöffnet.* Sie war noch immer im Bademantel.

»Sieh mich an«, stöhnte sie, »seit sechs Uhr ein Kommen und Gehen, eben sind die Letzten raus. Nicht einmal das Haar richten konnte ich.«

Er sah keinen Unterschied zu sonst, und weil ihm nichts zu sagen einfiel, legte er freundlich die Hand auf ihren Arm, solange sie den Schlüssel drehte. Seufzend lehnte sie sich an ihn, und plötzlich wurde sie ganz weich.

»Ich sterbe vor Hunger«, stellte Capaul fest. »Ist die Küche zu?«

Bernhild bohrte in komischer Verzweiflung die Stirn in seine Schulter, er sah den fast kahlen Haaransatz und roch Schweiß und sauren Kaffeedunst. »Ich habe noch Reste einer Pasta bolognese, die stelle ich dir in die Mikrowelle. Aber dann gehe ich hoch.«

Er folgte ihr in die Küche. »Was war denn los?«

»Ein Toter im Tunnel, zwei Stunden lang war die Strecke nach Bergün blockiert. Erst kamen die Rangierarbeiter, die nicht weitermachen konnten, dann drei oder vier gestrandete Reisegruppen. Und zuletzt Fluri, der Lokführer, der die Leiche gefunden hat. Es brauchte drei Kaffee-Schnaps, bis er überhaupt anfangen konnte zu erzählen. Ich habe sie ihm mit einem Trinkhalm serviert, weil er so gezittert hat. Bediene du mal drei Gruppen und spiele gleichzeitig Kummermutter.«

»Armer Fluri«, sagte Capaul, obwohl er ihn nicht kannte. »Ich war ja auch im Zug. Also im blockierten.«

»Ja, stimmt«, sagte sie und trug ihm den Teller in die Gaststube. »Streukäse ist auf dem Tisch.«

»Danach bin ich das Val – die Val Bever hinabgewandert. Dieser Märchenweg ist ja toll.«

»Die Senda da parevlas, mit Skulpturen unter anderem von Not Vital und Geschichten von Dichterinnen des Tals wie Milli Weber, die mit ihren Zeichnungen von Blumenkindern Berühmtheit erlangt hat«, sagte sie mechanisch auf, während sie noch eben die Krümel auf dem Tisch mit einem nassen Lappen verschob.

Capaul setzte sich und verschlang die Nudeln. »Mag sein, aber da ist viel mehr«, versicherte er kauend. »Vor allem diese Märchenerzählerin. Oder vielleicht ist sie auch eine Fee oder Hexe. Das wollte ich eben von dir wissen.«

»Nein, die Senda da parevlas, das sind sechs Skulpturen und sechs oder sieben Märchen, die man dort auf Tafeln lesen kann«, sagte sie und ging schon zur Treppe.

»Ich schwöre dir, da war diese blonde Frau, sie haust in einem angemalten Wägelchen, und wenn man mit ihr redet, wird einem ganz anders. Und ein Hotzenplotz, und …«

Sie machte kehrt. »Moment, was heißt, dir wurde ›anders‹?«, fragte sie gereizt. »Du plauderst mit dieser Frau, und dir wird ›anders‹?«

»Oh, das war alles andere als Geplauder. Sie sagte Dinge wie …« Er versuchte sich zu erinnern. »Ich kriege es jetzt nicht mehr wörtlich hin, aber es war etwas in die Richtung, dass der Weg zum Leben über den Tod führt.«

»Und das macht dich schwach? Solche Sprüche liefere ich dir im Dutzend.«

»Ach, du bist ordinär! Es war nicht nur das, sie hat auch eine Stimme, die ... Ich weiß nicht, irgendwie war der ganze Moment heilig. Ja, genau, heilig.«

»Habt ihr gebumst?«

»Ach, jetzt hör aber auf. Nein! Heilig, sage ich, heilig!«

»Glaubst du etwa, Heilige bumsen nicht? Bei der wärst du jedenfalls nicht der Erste und bestimmt nicht der Letzte. Ihren wirklichen Namen kenne ich nicht, wir nennen sie Fräulein Nietzsche. Sie ist so eine Tingeltangel-Künstlerin, klappert jeden Sommer unsere Täler ab. Und jetzt gehe ich endlich duschen.«

»Nietzsche«, wiederholte er verwundert, »ist sie verwandt mit *dem* Nietzsche?«

Bernhild war am Ende ihrer Geduld. »Ich sagte dir doch, wir nennen sie nur so. Capaul, die hat dir ins Hirn geschissen. Hast du das Geld?«

Er fasste sich an die Stirn. »Stimmt, das wollte ich noch holen.«

»Ja, dann los. Und danach such dir eine andere Bleibe.«

»Wieso das jetzt plötzlich?«

»Darum. Peter will es so. Er ist eifersüchtig.«

»Aber ich habe ihm doch damals alles erklärt. Ich rufe ihn an, das lässt sich ganz schnell klären.«

»Ich muss das Zimmer renovieren.«

»Dann nehme ich das andere.«

»Ich muss beide renovieren.«

»Ich helfe dir. Wir renovieren das eine, dann ziehe ich dort ein, und wir renovieren das andere.«

»Heute Nacht darfst du meinetwegen noch bleiben«, sagte sie und stieg die Treppe hoch.

»Kriege ich keinen Kaffee?«

Es kam aber keine Antwort mehr.

Während er die letzten Nudeln aß und danach das Geschirr abtrug, dachte er an Fräulein Nietzsche, und sofort verflog sein Ärger. Am liebsten wäre er gleich wieder in die Val Bever spaziert, doch erst wollte er mit Jon Luca sprechen. Der nahm noch immer nicht ab, also beschloss er, ihn zu besuchen. Die Wohnung war nicht schwer zu finden, er wohnte im Haus hinter dem Parkplatz, auf dem sein Auto stand.

Jon Luca kam in Unterhose an die Tür. »Was willst du? Das ist nicht unser Fall, habe ich dir doch gesagt. Außerdem ist schon alles geklärt, ich habe mit Tiefencastel telefoniert.«

»Entschuldige, ich wollte dich nur auf einen Kaffee einladen.«

Jon Luca stutzte, dann sagte er: »Komm rein, wir trinken hier einen.«

Die Küche war so winzig wie der Flur, ein handtuchschmaler Schlauch. Kaum hatten sie sie betreten, huschte vor der Tür jemand vorbei. Capaul sah nur ein wehendes Tuch und hörte eine Frauenstimme: »Ich gehe dann mal ins Bad.«

Jon Luca knipste die Kaffeemaschine an und zog einen Pullover über, dann wies er auf einen Blechtisch am Fensterchen, beides kaum größer als ein Blatt Papier, und forderte Capaul auf: »Setz dich.«

Capaul quetschte sich hinter den Tisch, setzte sich auf die Heizung und sah zu, wie Jon Luca Kaffee machte.

»Ich war heute in der Val Bever«, setzte er an.

»Ich weiß, du hast mich ja angerufen. Es war einer der

Mineure, die von Preda her den neuen Tunnel bauen. Vermutlich war Alkohol im Spiel. Wer von den Arbeitern am Wochenende nicht heimkann, gönnt sich halt zwischendurch einen Schnaps. Danach hat er wohl den Weg verfehlt, fand nicht mehr aus dem Tunnel und ist betrunken eingeschlafen. Dumm gelaufen, würde ich sagen.«

Er schob Capaul eine Tasse hin und kippte seine im Stehen. »Zucker?«

»Ja, gern. Was ich sagen wollte: Auf der anderen Seite des Tunnels, in der Val Bever …«

Jon Luca fiel ihm ins Wort. »Er war schon fast dort, jedenfalls jenseits der Wasserscheide.«

Das Wort verwirrte Capaul. »Wieso Wasserscheide? Die ist doch *auf* dem Berg, nicht *im* Berg. Das ist, wo die Regentropfen sich Lebewohl sagen, die einen fließen in die Nordsee, die anderen ins Mittelmeer. So haben wir das in der Schule gelernt.«

»Der Inn fließt nicht ins Mittelmeer«, stellte Jon Luca klar, »und der Albulatunnel hat eben auch eine Wasserscheide, wegen dem Wasser, das durch den Berg drückt. Die Strecke steigt an, und dann fällt sie wieder ab. So kann alles schön abfließen.«

»Clever«, sagte Capaul. »Apropos clever, diese Philosophin …«

Im selben Moment erschien Jon Lucas Freundin in der Tür. »Hallo.« Sie hatte gescheiteltes kastanienbraunes Haar und freundliche, geheimnislose Augen.

»Du musst Monika sein.« Er versuchte aufzustehen, um Monika den Stuhl zu überlassen, aber damit er hinter dem Tisch hervorkam, musste Jon Luca aus dem Weg, und da stand eben Monika.

»Lass, bleib sitzen«, sagte sie. »Ich bin das Stehen gewohnt, im Laden stehe ich den ganzen Tag.«

Capaul erinnerte dunkel, dass sie als Schuhverkäuferin in St. Moritz arbeitete. »Massimo«, sagte er, und irgendwie schafften sie es, sich um Jon Luca herum die Hand zu reichen.

»Der einsame Polizist, mit dem du Sirtaki getanzt hast?«, fragte sie ihren Freund.

»Na ja, einsam …«, bemerkte Capaul. »Ich habe nur noch keine feste Bleibe. Eine WG wäre schön.«

»Nicht bei mir«, sagte Jon Luca eilig.

»Bei mir leider auch nicht«, erklärte Monika. »Aber ich werde mich umhören. Johnny, bekomme ich auch einen Kaffee?«

»Ich wäre auch mit einem Bauwagen zufrieden. So einer, wie ihn dieses Fräulein Nietzsche hat.« Und zu Monika: »Ich war heute in der Val Bever. Die Frau ist ja vielleicht speziell!«

»Im Bauwagen?« Jon Luca lachte. »Ein Polizist im Bauwagen? Und im Winter?«

»Warum nicht?«, wandte Monika ein. »Wohnt nicht dieser Lehrer in einem Bauwagen? Wie hieß er noch? In *Das fliegende Klassenzimmer.* Einer meiner Lieblingsfilme. Genau, sie nennen ihn Nichtraucher.«

»Jedenfalls, dieses Fräulein Nietzsche. Ich wüsste ja zu gern, wie es kommt, dass sie …«

Monika rief dazwischen: »Nein, alles falsch, sein Freund ist der Lehrer, er selber ist Anwalt oder Arzt oder so, ein Aussteiger. Und es ist natürlich auch kein Bauwagen, sondern ein Eisenbahnwagen.«

»Und bestimmt nicht auf zweitausend Metern«, stellte Jon Luca klar. »Wie willst du den warm kriegen? Und fließend Wasser kannst du auch vergessen. Wenn du bei uns die Leitung nicht einen Meter tief eingräbst, gefriert sie dir und platzt.«

»Wie macht sie es dann?«

»Wie macht sie *was*?«

»Im Winter? Ein tolles Öfelchen hat sie ja. Aber ohne Wasser? Ich nehme an, sie schmilzt Schnee. Oder sie hext etwas. Ihr ist alles zuzutrauen.« Er lachte verschämt.

»Im Winter ist sie im Unterland«, erklärte Jon Luca, »sie verbringt nur die Sommer hier oben. Erst hat sie in Sils gewohnt, in einem Zelt hinterm Hotel Waldhaus, aber das passte nicht allen. Andererseits lebt das Engadin von solchen Originalen. In der Val Bever stört sie niemanden. Wobei mir der Bauwagen ebenso neu ist wie der Ofen, vielleicht müssen wir da doch einschreiten.«

»Oh nein, dann will ich nichts gesagt haben. Sie hat mich ganz verzaubert.«

»Ja, das kann sie gut«, erwiderte Jon Luca.

Monika sagte: »Das ist diese Silke, oder? Bruno hat sie letztes Jahr für seine Party engagiert, sie hat Geschichten von dieser lesbischen Zürcherin gelesen, von ihr und ihrer Freundin.« Sie schnippte mit den Fingern. »Der Name fällt mir grad nicht ein. Jedenfalls: Obwohl sie nur gelesen hat, waren wir danach alle gaga. Die Frau ist wie ein Chamäleon. Wenn eine Textstelle süß ist, wird sie zum Püppchen, wenn es heftig wird, ist sie ein Dämon. Ich weiß noch, an einer Stelle habe ich richtig geheult, da ging es um … Auch vergessen. Jedenfalls habe ich nach der Party das Buch gekauft, und das war nicht halb so gut.«

»Und diese Silke kann man also buchen, und dann liest sie?«

»Genau, oder sie erzählt Geschichten«, sagte Jon Luca. »Bei uns auf dem Revier war sie auch schon, damals, als der Chef gewechselt hat. Da hat sie etwas Blutiges erzählt, das Sennentuntschi. Eigentlich ist sie Schauspielerin, irgendwo ganz groß, in Hamburg oder so. Aber so was interessiert hier niemanden. Und jetzt sei mir nicht böse, Capaul, aber Monika und ich haben auch nur jeden zweiten oder dritten Sonntag für uns.« Er schob Monika freundlich in den Flur und machte Platz, damit Capaul aufstehen konnte.

»Warum ›auch‹?«, fragte Capaul, während er sich zwischen Tisch und Wand durchquetschte.

»Na, wie diese armen Kerle im Tunnelbau.«

»Danke für den Kaffee«, sagte Capaul im Treppenhaus. »Dann lasse ich euch jetzt in Ruhe frühstücken.«

»Genau.« Jon Luca schloss die Tür.

»Ich hab's! Schwarzenbach!«, hörte er Monika noch rufen. »So hieß die Lesbe. Und ihre Freundin Sonja, wie meine beste Freundin.«

»Welche Sonja?«, hörte er Jon Lucas Stimme.

»Früher, in der Schule.«

»Aber ihr wart nicht lesbisch, oder?«

»Das wüsstest du gern!«, sagte sie kichernd. »Warte, halt, halt! Und das Frühstück?«

Capaul zog es in die Val Bever, aber das war unsinnig. Er hob erst Geld für die Miete ab, danach suchte er aufs Geratewohl nach einem Hotel oder einer Herberge mit bezahlbaren Zimmern, natürlich vergeblich. Einer der Concierges riet ihm schließlich, es im CVJM-Heim in La Punt zu versuchen. Dort wohnten die RhB-Freunde, und die hatten ihn auch schon eingeladen, einen ihrer allabendlichen Diavorträge zu besuchen.

Diesmal nahm er das Auto. Als er ein paar Minuten später ankam, war es schon fast vier Uhr und sehr still. Im Haupthaus fand er niemanden, auch im ersten Nebenhaus nicht, dem Haus Kesch. Im zweiten, Haus Ot, ging er durch die Räume und stand plötzlich zwei zehn- oder zwölfjährigen Kindern gegenüber, ein Junge, ein Mädchen. Sie saßen in der Großküche auf einem Chromstahltisch und spielten mit einer Art Propeller. Er war klein genug, dass ein Kind die Nabe beidseits mit je einem Finger halten, sie mit der anderen Hand anschlagen und danach fast endlos surren lassen konnte. Als die beiden Capaul kommen sahen, sprangen sie vom Tisch und ließen das Spielzeug in der Tasche verschwinden.

»Lasst euch nicht stören. Ich suche jemanden, der hier arbeitet. Und außerdem eine Gruppe Männer mit roten Leibchen.«

»Die Tschutschu-Bähnler«, sagte der Junge mit leichtem Spott. »Die wohnen im anderen Haus.«

»Und ihr wohnt hier?«

»Genau.«

»Allein? Oder anders gefragt, ist hier noch ein Zimmer frei?«

Die Kinder sahen sich vielsagend an, dann erklärte das Mädchen: »Wir können jederzeit die Polizei rufen.«

Capaul wurde rot. »Oh, ich bin von der Polizei. Und nicht dass ein Missverständnis entsteht. Ich suche nur eine Wohnung oder ein Zimmer, ich bin neu im Tal und trete meine Stelle erst an, sozusagen.«

»Wiezusagen?«, fragte der Junge. Beide Kinder wirkten äußerst aufgeweckt.

»Ich will damit sagen, es ist kompliziert. Ich war kaum hier, da habe ich einen Mord aufgeklärt. Allerdings habe ich im Eifer ein paar Richtlinien missachtet. Und nun bin ich suspendiert. Wisst ihr, was ›suspendiert‹ bedeutet?«

»Klar«, antwortete das Mädchen, »wir werden auch oft suspendiert. Wenn wir zum Arzt müssen. Was für einen Mord haben Sie aufgeklärt? Ist der Mörder hinter Gittern?«

»Nein, das interessiert uns nicht«, fuhr der Junge dazwischen. »Im Unterschied zu Ihnen sind wir nämlich nicht suspendiert, sondern haben Küchendienst, und gleich kommen die anderen. Bis dann muss hier aufgeräumt sein.«

Capaul sah sich um. »Es ist doch alles blitzblank.«

»Mensch, ein Mord«, sagte sie zum Jungen. »Weißt du, wie cool!«

»Ja, aber du weißt auch, was Freiburghaus gesagt hat.« Er flüsterte ihr etwas ins Ohr.

Capaul schnappte das Wort »herumgeistert« auf. »Ihr habt ganz recht, Fremden gegenüber muss man vorsichtig sein. Ich gehe jetzt auch. Sagt mir nur, woher habt ihr dieses Spielzeug? Es gefällt mir.«

»Das sind Fidget Spinner«, sagte der Junge. »Damit kann man allerlei machen.« Er zog seinen hervor, ließ ihn drehen und lässig von einem Finger auf den anderen hüpfen, allerdings stoppte dabei die Drehung, und er musste ihn auffangen. »Schlecht gelagert«, erklärte er, »hat auch nur zwei Franken gekostet, hier im Volg.«

»Bei uns sind die seit Ewigkeiten out«, schob das Mädchen nach.

»Was heißt ›seit Ewigkeiten‹? Und wo ist ›bei uns‹?«, wollte Capaul wissen.

»Bestimmt seit den Sommerferien«, sagte das Mädchen.

»Eher noch länger«, bemerkte der Junge. »Und wir sind aus Aarau.«

»Ich bin aus Leimbach, Zürich-Leimbach.«

»Oje, voll die Provinz«, sagte der Junge. »Unser Lehrer kommt von da. Der hat uns Fotos gezeigt.«

»Na ja, man sucht es sich nicht aus. Kann ich euch so einen Spinner abkaufen? Für vier Franken?«

»Klar.« Gleich beide streckten ihren hin.

»Ich brauche nur einen.«

»Ladys first.« Der Junge steckte seinen wieder ein.

Capaul zahlte. »Dann gehe ich jetzt. Übrigens, ich bin Massimo, oder Herr Capaul.«

»Das ist Robin, ich bin Laura.«

»Und nur damit das geklärt ist, wir sind ein Paar.«

IV

Capaul lehnte sich an den Kotflügel seines Wagens und sonnte sich, bis eine Angestellte des CVJM-Heims kam, Frau Rudolf, und ihn ins Büro bat. Dort erhielt er kurz und bündig Auskunft, dass er auch hier auf kein Bett hoffen konnte.

»Haus Ot ist an eine Schule vermietet, Haus Kesch an eine private Gruppe, die belegt auch die beiden Ferienwohnungen und das sogenannte Spatzennest. Der bevorstehende Tunneldurchstich ist ein Publikumsmagnet. Wir konnten nicht einmal alle Gruppenteilnehmer unterbringen, ein paar mussten wir an den Zeltplatz Madulain verweisen, dort hausen sie in ausgebauten Weinfässern. Wenn Sie möchten, rufe ich auch für Sie dort an.«

»Sehr gern«, sagte Capaul, doch dort war ebenfalls alles belegt.

Er trat wieder hinaus. Nur ein paar Berggipfel hatten noch Sonne, es windete und war empfindlich kalt. Capaul erwog, zurückzufahren und Bernhild zu beknien, ihm doch noch eine Woche zu schenken, doch in diesem Moment kehrten die RhB-Freunde heim. Derjenige, der am Morgen neben dem Kutscher gesessen hatte – sie nannten ihn »Götti« –, winkte ihm schon von Weitem.

Nachdem er Capaul mit markigem Handschlag begrüßt und seinen grün metallisierten Chrysler Imperial bewundert hatte, klatschte er in die Hände und rief: »Kleine Sonderdarbietung, wir gehen fremd. Freund

Massimo wird uns etwas über seinen sehenswerten Oldtimer erzählen.«

Das brachte Capaul in Verlegenheit. »Ich habe von Autos keine Ahnung. Es ist ein Automatik, Baujahr 1982, viel mehr weiß ich nicht. Ich habe ihn von meinem Vater geerbt, er hat ihn nie gefahren. Und dummerweise sind Alljahresreifen aufgezogen, ich kam beim ersten Schnee hier oben schön ins Schlittern.«

Damit erntete er Lacher, und ganz selbstverständlich nahmen sie ihn mit in den großen Saal im Haupthaus. Die Männer rochen nach Rauch und Würstchen, sie hatten auf dem Zeltplatz bei den Romands gegrillt und sich die Bäuche so vollgeschlagen, dass sie mit Handaufheben beschlossen, das Abendessen zu streichen. Capaul war gezwungen, sich von Chips und Salzstangen zu ernähren.

Trotzdem mochte er sich nicht verabschieden, er fand die Runde je länger, je liebenswerter.

»Was uns alle eint«, erklärte der Götti, »ist die Liebe zur RhB oder generell zur Eisenbahn. Wir alle sind hier, um wohl das historische Ereignis des Jahrhunderts mitzuerleben, den zweiten Albuladurchstich. Abgesehen davon sind wir ein bunter Haufen von Eisenbahnfotografen, sogenannten Trainspottern, Modellbahnfotografen – was bereits etwas völlig anderes ist –, Modelleisenbähnlern und pensioniertem Zugpersonal, in erster Linie Lokführern. Die Fotografen fachsimpeln über Brennweiten, wir Modellbähnler haben es mehr mit Schienenweiten, die echten Bähnler wieder sind verliebt in technische Daten zu den Zugkompositionen. Natürlich gibt es auch Überschneidungen, eben die Begeisterung für die Ingenieursleistung am Albula, wie da

Megatonnen aus dem Berg gesprengt werden. Und auch eine Fahrt mit der Nostalgiekomposition lässt keinen hier kalt, im Salonwagen im Pullmanstil mit Nussbaumtäfelung, Messinglampen und Plüschfauteuils, vornweg die sogenannte ›Tante‹, wie die erste D 3/4 von 1889 genannt wird. Böse Zungen nennen uns übrigens Ferrofile oder auch Eisenbahnsexuelle. Dabei ist unser Begehren ganz keusch.«

Er grinste und stellte ihm die Männer am Tisch vor, es waren dieselben wie in der Kutsche.

Einer hatte schon mehrmals gedrängt: »Jetzt sind aber wir mit Referieren dran, Götti.«

»Das ist der Hermi«, erklärte der Götti seelenruhig, »ein Modelleisenbähnler, spezialisiert auf die selten gewordene Spurbreite 0.«

»Du wirst sehen, die kommt schon wieder«, sagte Hermi. »Und nenn mich gefälligst Hermann.«

Der Götti lachte nur und fuhr fort: »Jimmy zu deiner Linken ist Modellbahnfotograf und unser schwarzes Schaf. In erster Linie ist er nämlich Ferrari-Fan.«

Grinsend zeigte Jimmy seine in Rosso Corsa gehaltene Handyhülle. »Schnell ist schnell, und stark ist stark.«

»Dann haben wir da noch Richard, pensionierter Lokführer.«

»Fast vierzig Jahre lang, nenn mich Richi.« Er stand höflich auf und gab Capaul die Hand.

Blieb noch ein bleicher, hohläugiger Bursche mit Hawaiihemd. Der Götti klopfte ihm auf die Schulter und sagte: »Das ist Jacek aus Polen. Er ist unser Tor zur großen, weiten Welt. Jacek versteht sehr gut Deutsch und spricht es angeblich auch, nur können wir ihn nicht verstehen. Deshalb kommunizieren wir via Facebook.«

»Wie geht das denn?«, wunderte sich Capaul.

»Wirst du noch sehen«, versicherte der Götti und erhob sich. »Ich werfe noch eben den Beamer an, und los geht's.«

»Bestimmt ruft er wieder Margot an, seine Frau«, zog Hermi über ihn her, »sie telefonieren mindestens einmal die Stunde. Dabei hat er sie dabei, sie zeigt sich nur nicht. Er schläft ja auch nicht hier, sie wohnen ganz mondän im Bever Lodge. Angeblich ist sie dort in einer Frauenclique und macht Nordic Walking.«

»Bitte alle herhören!«, rief der Götti aus der Mitte des Saals und ließ per Handy das Glockensignal einer Schranke ertönen. »Aussi nos amis philosophes, merci.«

»Offenbar hat er sie nicht erreicht«, witzelte Hermi.

»Warum ›philosophes‹?«, fragte Capaul flüsternd.

Jacek schien Bescheid zu wissen, aber Capaul verstand nur ›Fass‹, und das half ihm nicht weiter.

Der Götti verlas die Referatsliste für den ersten Block, dann ging es los. Die projizierten Bilder waren nicht schwer zu begreifen. Ein Zug reihte sich an den anderen, manche rot, andere nicht, einmal echt, einmal als Modell, begleitet von Geraune, manchmal Applaus. Dazu meist knappe, doch offenbar sehr aufschlussreiche Kommentare, denn sie wurden ebenfalls allesamt von Geraune, manchmal Applaus begleitet.

»RhB Ge 2/2 Nr. 162 ›Mini Krokodil‹ mit C 114 ›Bucunada‹ in Poschiavo.«

»Zug 1044 von Malans Richtung Landquart. Aufnahmen mit der Nikon D750, ASA 300 bis 1000, 1/50 bis 1/250 Sek. Blende 16.«

Nur Richi uferte in seinem Vortrag aus – obwohl der Götti mehrmals mahnte: »Ein Bild sagt mehr als tausend Worte.« Er hatte daheim ausgiebig in seinen Alben gekramt und kämpfte mit den Tränen, als er bemerkte, dass er nur einen Bruchteil der geliebten Schätze würde präsentieren können. Dann übermannten ihn die Gefühle völlig, er musste unterbrechen.

»Zugabe, Zugabe!«, rief der Saal.

Und endlich versprach der Götti: »Wir räumen dir morgen noch ein Zeitfenster ein.«

Danach gelang es Richi, das Schluchzen zu unterdrücken und auch das letzte Bild zu kommentieren: »Der in den Sechzigerjahren mit einem Stahlkasten versehene Be 4/6 1607 am dritten Juni 1974 in Luino. Wegen ihres etwas klobigen Aussehens wurden sie liebevoll ›Geranienkistchen‹ genannt und hatten die seltene Achsfolge A1A A1A. Bis 1994 verschwanden die letzten Fahrzeuge dieses von 1923 bis 1927 gebauten Typs.«

Das tat auch er. »Etwas frische Luft schnappen«, murmelte er, als er an den Tischgenossen vorbeiging.

Capaul ging ihm nach. Dabei sah er den Hotzenplotz bei der Tür stehen, er musste sich nachträglich hineingeschlichen haben.

Richi stand am Ende des Vorplatzes an einen Altglascontainer gelehnt und trocknete sich mit einem karierten Stofftaschentuch die Tränen.

»Wie kindisch, so zu heulen«, sagte er mit kläglichem Lachen, als er Capaul kommen sah, und schnäuzte sich ausgiebig. »Aber für uns Alte ist eben die Erinnerung alles, was wir haben. Auf diese Be 4/6 waren wir ja so stolz, und auf uns, denn man musste schon ein ganzer Kerl sein, um sie zu meistern. Beschleunigung auf der Rampe von null auf fünfzig in gerade mal zweieinhalb

Minuten, stell dir vor!« Er seufzte, dann suchte er eine trockene Stelle im Taschentuch und schnäuzte sich nochmals.

Capaul sah hoch in den Nachthimmel, der so tiefschwarz und klar war, dass er die Milchstraße im ersten Augenblick für ein Nebelband hielt. »Was gibt es da noch zu sagen. Aber weißt du, wir Menschen sind doch sehr klein im Vergleich mit alldem da draußen.«

»Wo?«

»Da oben.«

Richi folgte seinem Blick. Kurz waren beide still, dann nickte er. »Wohl wahr. Du verstehst es zu trösten, Massimo. Ich glaube, wir können wieder rein.«

Im Saal begann gerade die Pause, die Ersten kamen heraus, um zu rauchen. Darunter war auch Hermi.

»Du hast noch gar nichts von dir erzählt«, sagte er zu Capaul. »Was ist eigentlich dein Steckenpferd?« Der Götti gesellte sich zu ihnen, und Richi ging allein weiter.

»Mein Steckenpferd?« Capaul dachte nach. »Ich fange gerade an, mich für Märchen und Sagen zu interessieren.«

Hermi tat das offensichtlich nicht. »Aha«, sagte er bloß. »Und was tust du beruflich?«

»Ich bin Polizist.«

»Ei, ei, ei«, rief Hermi aus, »im Ernst?«

Und der Götti neckte: »Einer von der Trachtengruppe, sieh mal an. Wie viele böse Buben hast du bisher eingelocht?«

»Erst einen, ich bin aber ganz neu dabei. Davor war ich ein paar Jahre Pfleger in einem Sterbehospiz.«

»Echt? Das wird ja immer schlimmer«, feixte Hermi.

Der Götti nickte. »Das stelle ich mir auch deprimierend vor.«

Capaul schüttelte den Kopf. »Kranke Menschen können deprimierend sein, aber sterbende sind sehr schön. Wenn sie sich erst damit abgefunden haben, dass sie gehen, fangen sie an zu leuchten. Fast so, als wären sie schon drüben.«

»Drüben«, wiederholte der Götti, »und wo ist das?«

Capaul lachte. »Ja, das ist die große Frage. Aber manche Menschen wurden so schön und ruhig, dass ich richtig Sehnsucht danach bekam.«

»Gesülze«, warf ein Zigarillo rauchender Schnauzbart ein, den Capaul bisher nicht bemerkt hatte. »Der im Tunnel hat wohl kaum geleuchtet.«

»Richtig, du als Bulle weißt da bestimmt mehr«, witterte Hermi.

Capaul hob die Schultern. »Nur, dass es ein Mineur von der Baustelle war.«

»Aber stimmt es, dass er gehäutet wurde?«

Capaul zögerte. »Es war jedenfalls ein Unfall.«

Der Schnauzbart trat seinen Zigarillo aus. »Scheiße mit Reis, auf die Art will ich echt nicht abkratzen.«

Das war das Stichwort für den Götti. »Genießen wir also das Leben, solange wir können«, sagte er und klatschte in die Hände. »Leute, es geht weiter. Allez, les philosophes.«

Während sie gemeinsam zurück ins Haus gingen, fragte Capaul: »Habt ihr eine Idee, wo ich ab morgen unterkommen könnte? Meine Vermieterin hat mit dem Zimmer andere Pläne, und ich kann partout nichts Zahlbares finden. Reist nicht bei euch einer früher ab?«

»Oder tritt ab«, scherzte der Götti, »wie der Mineur? Nein, nichts in Sicht. Wobei mir einfällt, der Moor hat in Bever eine ganze Pension gemietet, wohlgemerkt die Traumpension eines jeden Eisenbahnfreunds, direkt in der Streckenverzweigung Engadin–Albula. Nur mag er keine Gesellschaft.«

»Probieren kann ich es ja. Wo finde ich diese Pension?«

»Brauchst du gar nicht, er steht da drüben bei der Tür. Peter Moor. Er besteht darauf, dass man ihn siezt.«

Er zeigte auf den Hotzenplotz.

»Ha«, entfuhr es Capaul, denn er war in der Mittelschule ein halbes Jahr lang mit Schillers *Räubern* gequält worden. »Nomen est omen.«

Doch der Götti verkündete bereits die Startliste des zweiten Blocks. Capaul setzte sich so, dass er Peter Moor im Auge behielt.

Die zweite Vortragsrunde geriet fröhlich. Ein dadaistisch anmutendes Gedicht auf das Modellbahnzubehör der Firma Sommerfeldt wurde gegeben, und Jacek hielt einen Vortrag, der zum munteren Ratespiel ausartete. Der Lärmpegel stieg rasant, Capaul hielt sich die Ohren zu, und als er zu Moor hinsah, war der verschwunden. Hastig erhob er sich und eilte nach draußen, der Götti gab ihm noch aufmunternd das Zeichen: Daumen hoch.

Erst glaubte Capaul, er habe ihn verloren, doch er hatte nur in die falsche Richtung geschaut. Der Hotzenplotz ging nicht dem Inn zu, was naheliegend gewesen wäre, wenn man nach Bever wollte, sondern zügigen Schritts quer über den Parkplatz und den angrenzenden Hof bergwärts. »Herr Moor«, rief er und rannte ihm nach. »Herr Moor, warten Sie!«

Der Hotzenplotz missachtete die Rufe und schritt noch energischer aus. Capaul erreichte ihn dennoch, der Hotzenplotz blieb kurz stehen. »Was fällt Ihnen ein, meinen Namen in die Welt hinauszuschreien?«

Er ging weiter, einen Kanal entlang, Capaul folgte ihm.

»Verzeihen Sie, es ist dringend.«

»Für mich nicht.«

Sie überquerten den Kanal und gingen auf der anderen Seite zurück. Sie folgten einem Sträßchen mit verstreuten Einfamilienhäusern.

»Wohin gehen wir?«

»Ich weiß nicht, wohin Sie gehen. Ich gehe schlafen.«

»In Ihre Pension? Deshalb wollte ich Sie sprechen. Ich bin ab morgen ohne Bett.«

Der Hotzenplotz bog abermals ab, sie nahmen eine Art Feldweg, der sich aber nach und nach verlor. Zuletzt gingen sie querfeldein. Der Mond war aufgegangen, dennoch fiel es Capaul schwer, sich zu orientieren. Erst als der Hotzenplotz eine Kamera mit riesigem Teleobjektiv aus der Tasche zog und die Gebäude auf der anderen Seite des Kanals fotografierte, erkannte er das CVJM-Heim wieder.

»Es ist zappenduster. Wozu tun Sie das? Warum von hier aus? Vorhin waren Sie viel näher dran.«

»Mich reizt die Herausforderung«, sagte Herr Moor, nachdem er zwei-, dreimal abgedrückt hatte, steckte die Kamera ein und setzte seinen Weg fort.

Sie erreichten den Inn und gingen in Richtung Bever. Capaul sah, dass ein Pfad vom CVJM-Heim direkt in den Weg mündete, sie hatten eine unnötige Schlaufe von wohl zwei Kilometern gemacht.

Um das unangenehme Schweigen zu brechen, sagte

Capaul: »Jedenfalls brauchen Sie keine Angst vor mir zu haben, ich bin Polizist.«

»Ich habe vor niemandem Angst. Und falls Sie mich warnen wollten: Ich tue nichts Unrechtes.«

Capaul beschloss, das Thema zu wechseln. »Wie viele Zimmer hat denn die Pension?«

»Gar keine. Es gibt keine Pension. Der Pächter ist weitergezogen, die Inhaber finden keinen Nachfolger.«

»Na schön, dann eben das Gebäude. Wie viele Zimmer hat es?«

»Ich habe es gemietet, weil ich meine Ruhe haben will.«

»Hand aufs Herz, ich bin der ruhigste Mitmensch, den Sie sich wünschen können.«

»Ja, ganz offensichtlich.«

»Ich meine, ich kann ruhig sein. Mehr als ruhig, verschwiegen wie ein Grab.«

Der Hotzenplotz verschärfte abermals das Tempo.

Capaul kam ins Keuchen, aber er wollte das Gespräch nicht abreißen lassen.

»Zu welcher Gruppe Tschutschu-Bähnler gehören Sie denn?«, erkundigte er sich, dann lachte er, daraus wurde ein Husten. »Dumme Frage, bei der Riesenkamera. Ich selbst habe heute Abend ja nur Bahnhof verstanden.« Das Wortspiel war ihm passiert, und er freute sich darüber. Der Hotzenplotz verzog keine Miene.

Sie gingen nun parallel zur Kantonsstraße, dazwischen lag der Inn. Immer wieder wurden sie von entgegenkommenden Autos für einige Sekunden geblendet.

»Finden Sie den Ausdruck ›Tschutschu-Bähnler‹ unhöflich?«, redete er weiter vor sich hin. »Robin hat Sie heute so genannt. Robin und Laura, das sind zwei der Schüler im CVJM. Sehen Sie.«

Er zückte den Fidget Spinner und gab ihm Schwung.

»Den habe ich von Laura. Vielleicht wird das ja mein Hobby. Jedenfalls wäre das ein sehr leises Hobby, auch wenn der Spinner etwas schnarrt, er ist nicht gut gelagert. Wenn ich damit in meinem Zimmer spiele, können Sie sich leicht einbilden, Sie wären allein.«

Er hatte nicht mehr mit einer Antwort gerechnet und zuckte zusammen, als der Hotzenplotz sich ihm zuwandte und fragte: »Sie kennen die Kinder im CVJM?«

»Nicht alle. Aber was nicht ist, kann ja noch werden.«

»Gehen Sie dort aus und ein? Und wissen die, wer Sie sind?«

»Ja, tun sie. Und wenn ich mit dem Spinner auf ein höheres Level kommen will – man sagt doch ›Level‹? –, bleibt mir wohl nichts anderes übrig. Außer Robin kenne ich keinen, der mir die Tricks und Kniffe zeigen könnte.«

Sie hatten sich wieder von der Straße entfernt und erreichten eine Wegkreuzung.

»Ich biege hier ab«, erklärte der Hotzenplotz. »Wohin müssen Sie?«

»Für heute habe ich noch ein Bett in Samedan.«

»Dann gehen Sie weiter geradeaus. Da vorn ist schon der Flugplatz von Samedan. Pensiun Trais Piz, ich erwarte Sie morgen früh um neun.«

Capaul wusste vor Überraschung nichts zu sagen, und der Hotzenplotz hatte auch nichts erwartet, sondern marschierte bereits auf die Lichter von Bever zu. Fast sah es aus, als renne er.

Capaul zögerte, ob er zurückgehen und das Auto in La Punt holen sollte, doch Samedan schien ihm näher.

Der Weg machte allerdings einen Schlenker und führte nah an den Berghang, den Wald entlang und an einem kleinen See vorbei. Das alles war bei Tageslicht sicherlich sehr malerisch, doch jetzt wäre ihm eine befahrene Straße lieber gewesen.

Capaul sagte sich, dass Angst in dieser Lage ein durchaus gesunder Reflex war. Und mit einem Mal erinnerte er Silkes Worte, die Erinnerung war ganz klar, wie eingebrannt.

Zum Leben gibt es zwei Wege. Der eine ist der gewöhnliche, direkte und brave. Der andere ist schlimm, er führt über den Tod, und das ist der geniale Weg.

Gleich fühlte er sich in der Nacht, im Schatten der Bäume, die das Mondlicht auf ihn warf, in der Kälte und Klarheit der Bergluft so sehr zu Hause, dass ihn nichts mehr erschrecken konnte.

Selbst als er an die Leiche dachte, sich ausmalte, wie er an Fluris Stelle den blutigen Klumpen Mensch gefunden hätte, fühlte er mehr Zärtlichkeit als Schauder. Erst hätte er ihn gewaschen – wo eine Wasserscheide war, da war auch Wasser. Er hätte die gebrochenen Glieder gestreckt und den Körper zugedeckt. Er hätte an seiner Seite gewacht und ihn vor Aasfressern beschützt, Ratten und Füchsen. Dann hätte er Silke geholt, damit sie für den Toten las und sang, denn in diesem Augenblick konnte er sich keine schönere Art denken, von dieser Erde verabschiedet zu werden.

Ganz versunken spazierte er bis Samedan. Bernhild war bei Peter oder schon zu Bett gegangen, jedenfalls war im Wassermann alles dunkel.

Sie hatte ihm bereits das Frühstück gedeckt – Brot in der Plastiktüte, je einen kleinen Napf Butter und Marmelade sowie Kaffee in der Thermoskanne – und die Rechnung auf den Teller gelegt.

Daneben lag das leere Zuckersäckchen einer Konditorei:

Das Verlangen nach Gegenliebe ist nicht das
Verlangen der Liebe, sondern der Eitelkeit.
Friedrich Nietzsche

Und darunter, mit einem halb ausgetrockneten Kugelschreiber gekritzelt: »Capaul, leb wohl.«

V

Capaul schlief schlecht und stand früh auf – unter anderem, weil ihm irgendwann nachts eingefallen war, dass er die Parkscheibe nicht auf das Armaturenbrett gelegt hatte. Von Bernhild war nichts zu sehen und zu hören, vermutlich schlief sie wirklich bei Peter.

Nach einem hastigen Frühstück im Stehen eilte er auf den Bahnhof und nahm den 07:13 nach La Punt-Chamues-ch. Schon von Weitem entdeckte er den Kastenwagen seiner Polizeikollegen.

Linard war dabei, die Kennzeichen der geparkten Autos zu notieren.

»Wo ist deine Parkscheibe, Capaul?«, fragte er, als er ihn kommen sah. »Parken ohne Scheibe ist hier vorschriftswidrig.«

»Ich wollte nur schnell sehen, ob im CVJM schon jemand im Büro ist. Ist aber niemand, also fahre ich gleich wieder weg.«

Linard sah ihn schräg an. »Schwindelst du?«

»Ja«, gestand Capaul. »Aber hier sind so viele leere Parkplätze, ich nehme doch niemandem etwas weg.«

Linard warf einen theatralischen Blick in den diesigen Himmel.

»Capaul, Capaul. Willst du wirklich, dass ich einen Kollegen bevorzuge?«

Capaul wand sich.

»Natürlich nicht. Andererseits: Wärst du zwei Minuten später gekommen, wäre ich schon weg gewesen. Oder hätte der Zug nicht Verspätung gehabt.«

»Wäre. Hätte.«

»Bitte, Linard, das wäre meine dritte Buße innerhalb von zehn Tagen.«

»Vierte. Ich rieche einen Ausweisentzug.«

»Eben, und ich brauche doch das Auto.«

»Wozu? Zu Hause sitzen sollst du, das hat dir Gisler verordnet.«

»Darum geht es ja, Bernhild hat mich rausgeschmissen, ich suche eine neue Bleibe. Wobei ich vielleicht jetzt etwas gefunden habe, im Trais Piz in Bever.«

»Das ist doch zu.«

»Das Haus steht noch.«

Linard seufzte und strich Capauls Nummer auf dem Block.

»Na schön, aber dann fahr jetzt auch weg.«

»Du bist mein Held.«

»Nur nicht süßlich werden.«

Capaul holte in Samedan sein Gepäck und war um Punkt neun Uhr im Trais Piz. Auf sein Klingeln reagierte niemand, also suchte er eine offene Tür. Schließlich fand er über die Veranda ins Haus.

»Hallo?«, rief er – und gleich fiel ihm Silke wieder ein: Come in, come in, whoever you are. Doch hier antwortete keiner. Capaul wanderte durchs Haus und öffnete verschiedene Türen, bis er zu einer verdunkelten Kammer kam.

»Tür zu, Herrgott noch mal!«, brüllte der Hotzenplotz von drinnen.

Erschrocken schloss Capaul die Tür.

Hinter der Tür wurde irgendetwas gewerkelt, dann rief der Hotzenplotz: »Nehmen Sie am Empfang einen Schlüssel und verziehen Sie sich. Nehmen Sie die Drei.«

Capaul holte den Koffer aus dem Auto, nahm den Schlüssel und brachte das Gepäck hinauf. Die Drei lag im ersten Stock.

»Bis später«, rief er, als er wieder an jener Kammer vorbeikam, und weil keine Antwort kam: »Ich bin dann also jetzt weg.«

Er hatte beschlossen, in die Val Bever zu spazieren. Beim zweiten Mal erschien ihm der Weg viel kürzer, obwohl er gestern für die letzte Strecke die Kutsche genommen hatte. Er erfreute sich am zarten Licht und an den Kühen, am Duft von Gras und Jauche. Die Berge warfen den Lärm des Berufsverkehrs auf der Kantonsstraße als leises Sirren zurück, und zweimal sah er einen kleinen Schwarm Stare, die sich wohl bereits zum Flug in den Süden sammelten.

Mehrmals passierte ihn auf dem Feldweg ein Auto, obwohl generelles Fahrverbot herrschte. Die fand er etwas später alle vor einem schlicht gemauerten Haus geparkt. Er war froh, dass er außer Dienst war und keine Papiere kontrollieren musste.

Er wurde immer nervöser, je näher er Silke kam. Leider konnte er ihren Bauwagen nicht mehr finden, und ihm fiel ihre Bemerkung zum Abschied ein: Falls du ein zweites Mal herfindest.

»Silke?«, rief er, verließ aufs Geratewohl den Pfad und stieg den waldigen Hang empor. »Fräulein Nietzsche?« Und so schüchtern, dass es vermutlich keine zehn Meter weit zu hören war: »Come out, come out, wherever you are!«

Während er so zwischen Lärchen und wohl Arven oder Föhren irrte – er erinnerte nur, dass der Waldrand nicht fern gewesen war –, knallte es nicht allzu weit weg zweimal. Die Jagd, sagte er sich, ohne mehr Gedanken darauf zu verschwenden.

Ein dritter Schuss jedoch schlug direkt vor ihm ein, in einen Baumstamm. Holz splitterte. Capaul warf sich instinktiv zu Boden, machte sich so flach wie möglich und fühlte, wie das Herz in seiner Brust raste. Fieberhaft überlegte er, wer den Schuss abgegeben haben konnte und wie er sich verhalten sollte. Dann, als nichts weiter geschah, wischte er vorsichtig nasses Laub und Raureif vom Gesicht.

Plötzlich hörte er Silkes Stimme: »Hast du das Schild nicht gelesen?«, fragte sie mit ihrer ruhigen, brüchigen Stimme. »Oder die Fahne gesehen?«

Er wollte sich aufrichten.

»Bleib besser liegen«, riet sie ihm.

Er presste wieder das Gesicht ins Laub.

»Nein, was für ein Schild?«

»›Lebensgefahr. Verlassen des Weges verboten.‹ Seit Mitternacht ist Jagdpause, die Jäger nutzen sie, um am Schießstand nochmals die Gewehre einzuschießen. Das eben war ein Querschläger.«

»Wo ist der Schießstand?«

»Da steht ein Häuschen etwa zweihundert Meter talauswärts, du musst daran vorbeigegangen sein.«

Natürlich, die Autos. Capaul robbte einige Meter weiter zu einem dicken, völlig verwachsenen Wurzelstock. In seinem Schutz wagte er sich endlich aufzurichten.

Silke lehnte entspannt am schmalen Stamm einer Lärche, die Hände hinter dem Rücken verschränkt. Sie trug schwarze, eng anliegende Kleidung, Hose und Rollkragenpulli, das Haar hatte sie streng nach hinten gesteckt. Vermutlich hatte er sie bei seiner Suche mehrmals übersehen, sie verschmolz fast mit dem Stamm. Sie stand dem Schießstand zugewandt.

»Du stehst da aber gefährlich«, stellte er fest.

»Hm«, sagte sie wegwerfend, vielleicht gar amüsiert. »Wir sind zum Bleiben nicht gezwungen.«

Wie schon tags zuvor verwandelte dieser eine melancholische Satz alles für Capaul. Ihm schoss das Blut ins Gesicht. Er hatte sofort begriffen, und die Unbeschwertheit, mit der sie den Tod dem Leben gleichstellte, betörte ihn.

Er wollte mehr davon, und obwohl er genau verstanden hatte, fragte er: »Wie meinst du das?«

Inzwischen fielen wieder Schüsse, allerdings trafen alle die Scheibe.

»Das ist eine meiner Lieblingsstellen«, sagte sie so leise, dass er sich anstrengen musste, um sie zu verstehen. »Wenn ich hier stehe und den Blick hebe, dorthin, wo nichts mehr ist als die Berge, die den Himmel begrenzen, und der Himmel die Berge, und wenn auf der anderen Seite der Lärm verstummt, dann steigen aus den Gräbern die lieben Toten, oder besser gesagt, es kommt mir vor, als wären sie gar nicht gestorben. Ich ruhe mich aus in ihrer Umarmung, und mir ist, als hätte ich den Körper verlassen und schwebte in höheren Sphären mit ihnen.«

Seufzend stieß sie sich vom Stamm ab, trat zu ihm und sah ihm ins Gesicht.

»Bis der heisere Schrei einer Krähe mich daran erinnert, dass ich allein bin, und alles verschwindet.«

»Bin ich eine solche Krähe?«, fragte er mit belegter Stimme.

»Bist du eine solche Seele?«, fragte sie zurück. Dann nahm sie ihn bei der Hand, half ihm auf und führte ihn tiefer in den Wald hinein.

Bald waren sie beim Bauwagen. Er stand, wo er immer gestanden hatte. Sie führte ihn jedoch nicht hinein, sondern stellte sich aufrecht vor ihn hin – sie wirkte heute viel kleiner und graziler, und ihr Gesicht hatte etwas Animalisches.

»Ein Freund von mir ist gestern gestorben«, sagte sie.

»Ja, ich weiß«, sagte er, obwohl er überhaupt nichts gewusst hatte. Die Bemerkung war ihm herausgerutscht, er hatte für sie keine Erklärung. Aber sie schien gar keine zu brauchen.

Sie standen voreinander und schwiegen. Capaul wusste nicht, wohin er mit seinen Händen sollte, er hätte Silke gern angefasst, die Schultern oder wenigstens ihre Hände. Schließlich legte er sie vor dem Geschlecht zusammen wie bei einer Bestattung. Meiner eigenen, dachte er. Der Leiche legt man so die Hände ineinander. Als Trauergast verschränkt man die Finger.

Sonderbarerweise sagte sie genau jetzt: »Ich werde den Gedanken nicht los, dass ich gestorben bin, ehe ich geboren wurde, und durch den Tod wieder in jenen Zustand zurückkehre. Du kennst diesen Gedanken auch, nicht wahr?«

Er dachte nach. »Nein. Ich kenne sehr wohl die Sehnsucht, tot zu sein. Doch ich kam nie auf die Idee, dass ich den Ort schon kenne.«

»Und jetzt?« Sie umfasste seine Hände.

»Und jetzt habe ich ganz andere Gedanken«, gestand er, denn ihre Fingergelenke berührten sein Glied, und er bekam eine Erektion.

Flüchtig verstärkte sie den Druck, ihre Hände nahmen sozusagen Abschied, dann ließ sie ihn los. Sie lächelte, vielleicht bedauernd, vielleicht auch nur müde.

»Geh, ich will jetzt schreiben«, bat sie.

»Woran schreibst du?«

»Ein andermal, geh. Aber da lang, und danach immer schön auf dem Weg bleiben. Sonst wirst du mir doch noch erschossen.«

Den Hang hinab bis zum Weg rannte er fast, er überließ sich ganz der Schwerkraft. Unten angekommen, setzte er sich auf eine kniehohe Mauer, und überraschend schüttelte ihn ein Weinkrampf durch. Das dauerte ein paar Minuten, dann raffte er sich auf und machte sich auf den Rückweg.

Er hatte einen schalen Geschmack im Mund, so als hätte er geküsst, und immer stärker fühlte er eine Schürfung an der Handkante, die er sich auf dem Waldboden direkt nach dem Schuss zugezogen haben musste. Doch vor allem fühlte er eine Wehmut, die noch heftiger war als gestern. Ihm war nicht mehr, als müsste er von zu Hause fort, sondern so, als verlasse er sich selbst.

In Bever setzte er sich gleich ins Auto und fuhr nach Samedan, zum Polizeiposten im Dorfzentrum.

Linard erledigte gerade Bürokram.

»Schau, schau«, sagte er, als Capaul eintrat. »Hat Gisler dich rehabilitiert?«

»Nein, aber ich muss mehr über die Leiche erfahren.«

»Welche Leiche? Wir haben hier andauernd Leichen. Gestern Mittag ist in Celerina eine Anwaltsgattin zusammengebrochen. Herzstillstand. Aus heiterem Himmel. Meinst du die?«

»Nein, du weißt, wen ich meine. Die Tunnelleiche, der Mineur.«

»Der Albulatunnel fällt nicht in unseren Zuständigkeitsbereich.«

»Kannst du mir sagen, wie lang der Tunnel ist?«

»Sechs Kilometer, glaube ich. Sieh bei Wikipedia nach.«

»Das reicht mir schon. Sag, wie betrunken muss man sein, um sich auf Zugschienen schlafen zu legen? Und wenn man so betrunken ist, wie schafft man es im Stockdunkeln bis in die Mitte eines so langen Tunnels?«

»Wer sagt, dass es stockdunkel war? Oder dass er betrunken war? Mineure haben normalerweise Lampen. Außerdem gibt es Handys.«

Capaul stutzte. »Jon Luca hat es mir gestern erzählt. Und meinetwegen, aber ... Der Mineur war nämlich ein Freund von Fräulein Nietzsche.«

»Der Verrückten in der Val Bever?«

»Oh, sie ist alles andere als verrückt. Sie ist vielleicht der sensibelste und tiefsinnigste Mensch, den ich je getroffen habe.«

»Und was sagt sie selbst?«

Capaul geriet kurz aus dem Konzept. Auf die Idee, sie zu befragen, war er gar nicht gekommen.

»Sie ist kein Menschen, den man einfach so ausfragt«, erklärte er ebenso sich selbst wie Linard, »sie ist wie eine Naturgewalt. Oder eine Erscheinung. Bei ihr gelten ganz andere Gesetze. Man selbst wird ein anderer.«

Linard sah ihn spöttisch an.

»Verknallt?«

Capaul wurde rot.

»Blödsinn, in eine solche Frau verknallt man sich nicht.«

Linard lachte schallend.

»Soweit ich weiß, wärst du nicht der Erste.«

»Und nicht der Letzte, schon klar.«

»Jedenfalls kann ich dir zur Leiche nichts sagen. Aber gut, dass du hier bist. Wie ist dein Mietverhältnis im Trais Piz?«

Die Frage verwunderte Capaul.

»Brauche ich ein Mietverhältnis?«

»Na klar, wer arbeitet, muss auch irgendwo wohnhaft sein. Du kannst nicht schwarzwohnen, als Polizist schon gar nicht.«

»Es ist ja nur vorübergehend.«

Linard überging seine Bemerkung.

»Dazu kommt, dass das Trais Piz kein Wohnhaus ist, sondern ein Beherbergungsbetrieb, und offiziell geschlossen. Der Eigentümer müsste uns melden, wenn sich die Zweckbestimmung ändert, das hat er nicht getan. Insofern wohnst du doppelt illegal. Und es kommt noch besser: Stimmt es, dass du dort mit einem gewissen Peter Moor haust?«

»Ich ›hause‹ doch nicht. Mein Gepäck steht nur da.«

»Das reicht schon aus. Wo deine persönliche Habe ist, da ist dein Hauptwohnsitz. Zurück zu Moor. Er hat ein Verfahren hinter sich. Mehr darf ich dir nicht sagen, du bist schließlich suspendiert. Aber für einen Polizisten, ganz besonders für einen suspendierten Polizeianwärter, ist ein solcher Umgang nicht gerade schmuck.«

»Schmuck?«

»Ziemlich.«

»Ziemlich? Wie redest du?«

»Gepflogen. Mir ist gerade danach.«

»Jedenfalls, irgendwo muss ich doch schlafen.«

»Schlaf im Auto. Im Film schlafen Kriminalkommissare oft im Auto.«

»Ich bin nicht im Film.«

Linard grinste.

»Vor allem bist du kein Kriminalkommissar, auch wenn du dir das einbildest.«

»Ich bilde mir nichts ein. Wieso magst du mich nicht?«

»Siehst du, schon wieder bildest du dir was ein.«

»Was sich liebt, das neckt sich«, sagte Jon Luca, der gerade durch die Tür kam, und hängte die Jacke auf. »Linard ist mit allen so. Mit Luzia hat er ein einziges Gekeife und Gezanke.«

Linard zuckte gleichgültig mit den Schultern.

»Man muss nicht immer Händchen halten. Willst du hören, was er über Silke Simon gesagt hat?« Er scrollte mit der Maus, offenbar hatte er mitgeschrieben: »›Sie ist vielleicht der sensibelste und tiefsinnigste Mensch, den ich je getroffen habe. Sie ist wie eine Naturgewalt, oder eine Erscheinung. Bei ihr gelten ganz andere Gesetze, man selbst wird ein anderer.‹«

»Klingt doch schön«, fand Jon Luca. »Vielleicht ist es Zeit, dass du dich auch neu verliebst.«

»Ich bin nicht verliebt«, wehrte sich Capaul.

»Du vielleicht nicht, aber Bernhild«, erzählte Jon Luca. »Ich war gestern im Einsatz, in Celerina war eine Frau auf offener Straße zusammengebrochen. Ich habe ein paar Zeugen gebraucht, reine Formsache, und Bernhild war mit diesem Peter gerade in der Konditorei Gredig. Sie hatten allerdings gestritten und nicht viel mitbekommen, obwohl es direkt vor ihrem Fenster passiert ist. Sie haben sogar noch während der Befragung gestritten: Capaul, Capaul, Capaul. Du musst ihr ganz schön den Kopf verdreht haben.«

Capaul war betreten.

»Und ich dachte, sie tut nur so. Sie ist doch doppelt so alt wie ich.«

Jon Luca wiegte den Kopf hin und her.

»Sagen wir, sie sieht so aus.«

»Was stellt Peter sich denn vor?«

»Oh, er klang ganz gelassen. Er hat immer wieder gesagt: ›Ich vertraue dir doch, Bernhild. Und Capaul hat mir auch versichert, dass da nichts ist und nie etwas sein wird.‹ Das hat sie erst richtig auf die Palme gebracht: ›Willst du sagen, ich bin für einen wie ihn nicht mehr attraktiv? Ich war Seite-3-Girl, schon vergessen? Und das ist verdammt noch mal nicht lange her.‹ Er darauf: ›Ja, aber hast nicht du ihn verdächtigt, schwul zu sein?‹ Sie: ›Was willst du damit sagen?‹ Er: ›Na ja, dass du dich längst damit abgefunden hast, dass du ihn nicht interessierst.‹ Darauf fiel ihr offenbar nichts mehr ein, dafür hat sie eine Tasse geschmissen. Ich glaube, sie hat nicht einmal begriffen, was der armen Anwaltsgattin passiert ist, die da buchstäblich vor ihren Augen gestorben ist. Plötzlicher Herztod übrigens, mit fünfundfünfzig. Wie das Leben so spielt.«

Capaul rieb sich das Gesicht, ihn überforderte das alles. Er beschloss, sich auf das Essenzielle zu konzentrieren.

»Siehst du es auch so, dass ich nicht im Trais Piz wohnen darf?«

Linard erklärte: »Er ist dort nicht angemeldet, außerdem wohnt er mit einem gewissen Peter Moor, der aktenkundig ist.«

»Aktenkundig weswegen?«

Linard öffnete ein Dokument im Computer. Jon Luca las still und überlegte kurz.

Dann sagte er: »Ach, komm, was soll da passieren? Im Gegenteil, mit der Polizei im Haus wird er sich hoffentlich zusammennehmen.«

»Ja, und was schreiben wir als Adresse? Capaul muss doch irgendwo gemeldet sein.«

Jon Luca seufzte.

»Melde ihn halt bei mir an.« Dann sagte er: »Massimo, mit dir wird es uns echt nicht langweilig.«

VI

Capaul ließ das Auto am Bahnhof in Samedan und nahm den nächsten Zug durch den Albula nach Preda. Nach einer knappen Viertelstunde war er dort und sah, dass der Talboden rings um den Bahnhof ein einziger Bauplatz war. Kaum ein Mensch war zu sehen, doch die staubige Luft war erfüllt vom trägen Surren und Rattern sonnenblumengelber Förderbänder, die das Tal überspannten, dem Rasseln von Aushubmaterial, das in die offenen Güterwagen fiel, und gelegentlichem Quietschen der Rangierlok.

Für den Nachmittag war eine Baustellenführung angesagt, bis dahin war noch Zeit. So bummelte Capaul erst eine Art Schaumeile entlang, mit zahlreichen Schrifttafeln und Grafiken zum Tunnelbau. Dann stellte er sich in den nachgebauten Führerstand einer RhB-Lok und erlebte am Bildschirm eine Fahrt auf der Albulalinie mit. Leider blieb kurz vor Preda die DVD hängen. Er studierte noch ein Schema der »Installationsplätze« Spinas und Preda, wie die Baustellen auf Fachdeutsch hießen, dann umging er die großräumige Förderanlage und stieg der Passstraße entlang die wenigen Meter zum Hotel Preda Kulm empor, um etwas zu essen.

Das Hotel war ein schmuckloser, vielleicht hundert Jahre alter Kasten mit Giebeldach und roten Fensterläden direkt an der Straße. Der getäfelte Gastraum war gut gefüllt mit Arbeitern, fast alle trugen signalrote

Kleidung, die Helme lagen unter den Stühlen. Niemand sprach, sie starrten auf ihre Teller oder an die niedrige, mit Dämmplatten verkleidete Decke, aßen das Menü – Netzbraten mit Stampfkartoffeln –, setzten die Helme auf und erhoben sich wieder.

»Ich nehme auch das Menü«, erklärte Capaul, als die Kellnerin, eine Russin oder Polin mit armdickem, weizenblondem Zopf bis über den Hosenbund, ihm die Karte reichen wollte. Und weil kaum jemand etwas trank, verzichtete auch er darauf.

»Es muss für alle ein Schock sein«, sagte er, als sie den Teller brachte, und begann zu essen.

»Was?«

»Der Unfall.«

»Weil sie nicht reden? Die sind immer so.«

»Feiern sie denn nie?«

Die Kellnerin lachte.

»Sogar der Puff musste wieder schließen. Alle zwei Monate organisiert die Werksleitung einen Liederabend oder Vortrag, da gehen sie hin. Kost' ja nix. Aber sonst …«

Sie winkte ab.

»Sie wollen nur möglichst viel Geld nach Hause tragen. Damit kaufen sie sich dann eine kleine Werkstatt oder einen Hof.«

»Und der arme Kerl, der unter den Zug gekommen ist? Ich habe gehört, der hat gern mal gefeiert.«

»Ach ja? Nicht bei uns. Ich kenne die nicht, für mich ist einer wie der andere. Nehmen Sie nachher noch Kaffee?«

Capaul lehnte ab, er musste sich beeilen, um die Führung nicht zu verpassen.

Er rutschte gerade noch rein. Leiter war ein gewisser Sigismund Baumann, pensionierter Zugführer, »Neudeutsch Zugchef«, ein fröhlicher, eloquenter Herr. Sie wurden mit Bauhelm und Signalweste ausgerüstet. Dann ging es los.

Wobei es einen ersten Halt gleich beim Bahnhof gab. Baumann erörterte anhand der Schautafeln die Gesteinsarten, die beim Tunnelbau zu bewältigen waren.

»Besonders spektakulär war die Durchdringung einer gut hundert Meter dicken Dolomitschicht, der Raibler-Rauwacke. Dabei handelt es sich um kein festes Gestein, sondern sogenanntes schwimmendes Gebirge, Matsch auf gut Deutsch. Der permanent nachrutscht. Hinzu kommt, dass die oberen Gesteinsschichten Wasser hinunterpressen, mit satten fünf Bar Druck. Das ist der Wasserdruck eines Löschhydranten. Zum Vergleich: Ein prall gefüllter Autoreifen hat drei Bar.« Er hob mahnend den Zeigefinger, wobei dessen Sinn im Unklaren blieb. »Und wir reden nicht von ein bisschen Wasser, wir reden von einem Fluss. Die Bedrohung für die Mannschaft war also enorm. Nun, wie wurde das Problem gelöst? Mit minus fünfunddreißig Grad kalter Sole« – wieder kam der Mahnfinger –, »die durch sechzig Meter lange Vereisungsbohrungen floss. Der Berg wurde faktisch tiefgefroren, drei Monate lang, dann war der Vereisungsprozess abgeschlossen, und der gefrorene Schlamm konnte abgetragen werden.«

»Sie sagten, ein Fluss«, meldete sich einer, der aussah wie das Michelin-Männchen. »Woher kommt denn so viel Wasser? Gibt es einen unterirdischen See?«

»Der wäre ja irgendwann alle«, sagte Baumann lapidar. »Ich nehme an, es ist Regenwasser. Übrigens trat es mit sechs Grad aus. Auch da muss man sich vorstellen, was die Männer alles aushalten. Beim Bau des Gotthardtunnels etwa herrschten Temperaturen von bis zu vierzig Grad plus. Hier dagegen wateten die Männer acht Stunden am Stück in sechs Grad kaltem Wasser, das ihnen bis zu den Knien reichte, strömendem Wasser wohlgemerkt, in einem Fluss. Stolpern verboten.«

Damit ging er weiter.

»Wir begeben uns jetzt zum Tunnelportal. In den Tunnel selber, zur eigentlichen Baustelle, dürfen wir leider nicht. Bei allen Sicherheitsvorkehrungen – und wir sind da auf dem neuesten Stand – herrscht halt doch immer eine Restgefahr. Die rührt heutzutage übrigens nicht mehr von der Geologie her, sondern von den Maschinen: einklemmen, überfahren, zerquetschen.«

Stattdessen zeigte er ihnen erst die alten Häuser und Hütten aus der Zeit des ersten Tunnelbaus, schiefe, wettergegerbte Schindelbauten, die längst außer Betrieb waren. Dann die neuen Baracken, Silos, Trassees und Förderbänder, wobei er mit technischen Daten um sich warf. Sie durften, von außen immerhin, einen Blick auf den kleinen Container werfen, in dem der Sprengstoff gelagert wurde. Wobei Baumann mit dem Mahnfinger unterstrich, dass der Flüssigsprengstoff auf den heutigen Großbaustellen aus zwei Komponenten besteht und erst beim Mischen an der Tunnelbrust sprengfähig wird. »Abschlag«, lernte Capaul, war der Fachausdruck für eine Ausbruchetappe von wenigen Metern, welche die Sprengung und das Wegführen des losen Gesteins beinhaltet. Drei solcher »Abschläge« täglich waren das Soll. Für jede Sprengung gab die Steuerzentrale in Landquart ein Zeitfenster von fünfzehn Minuten, denn während der Sprengung durfte kein Zug durch den alten Tunnel fahren. Es hätte sich dort Gestein lösen können, die Tunnel lagen direkt nebeneinander, verbunden durch sogenannte Querabschläge alle vierhundertfünfzig Meter. Deshalb folgte nach jeder Sprengung ein Kontrollgang durch den entsprechenden Streckenblock des alten Tunnels.

Hier erlaubte Capaul sich eine erste Frage.

»War der Verunfallte gestern auf einem solchen Kontrollgang unterwegs?«

Baumann sah ihn durchdringend an. »Nein, das kann ich ausschließen. Natürlich ist währenddessen die Strecke gesperrt.«

»Schön, das leuchtet ein. Andere Frage: Wenn man sich im alten Tunnel befindet, und es kommt ein Zug, muss man im dümmsten Fall einen halben Kilometer weit rennen, um sich in Sicherheit zu bringen?«

Baumann versuchte erst gar nicht zu verbergen, dass die Fragen ihn reizten.

»Dann muss man schon sehr dumm oder verwirrt sein. Denn mathematisch gesehen ist man nie weiter als zweihundertfünfundzwanzig Meter vom nächsten Querabschlag entfernt.« Mahnfinger. »Die Antwort auf Ihre Frage wäre ohnehin Nein. Alle fünfzig Meter befindet sich eine Schutznische in der Tunnelwand. Erreicht man auch die nicht, wirft man sich längs zur Tunnelwand flach zu Boden, da ist man sicher. Der alte Tunnel ist sehr eng und von den heutigen Vorschriften weit entfernt. Im neuen Tunnel ist das alles übrigens kein Problem mehr, dort ist auf der ganzen Länge ein Fluchtweg von einem Meter Breite vorgesehen.«

Capaul hätte gern noch weiter gefragt, doch Baumann

drängte zur Tunnelpforte. Dort lag auch das ehemalige Stromhäuschen, eingekeilt zwischen Förderbändern und Silotürmen. Es war für den Bau um neun Meter verschoben worden, weil man es nicht abreißen durfte, und stand leer.

»Nicht durfte und nicht wollte«, betonte er, »schließlich sind wir UNESCO-Weltkulturerbe, und so was verpflichtet. An der Südpforte in Spinas steht sogar noch das alte Klohäuschen. Unseres hier ist leider in den Vierzigerjahren einer ungeplanten Sprengung zum Opfer gefallen. Das kam so: Es war Januar, es war kalt, das Plumpsklo war eingefroren. Damals verwendete man Karbid nicht nur für die Zuglampen, sondern auch als Auftaumittel. Der Bahnhofswärter, ein gewisser Jakob, schüttete also Karbid ins Klo. Nun wollte er allerdings sicher sein, dass es auch wirkte. Und weil es unten im Loch so zappenduster war, zündete er ein Streichholz an. Bumm. Das ganze Häuschen flog in die Luft. Jakob flog mit, aber« – Mahnfinger – »Glück im Unglück: Abgesehen von einem versengten Schnurrbart blieb er gänzlich unversehrt.«

Die Lacher waren programmiert, Baumann sonnte sich in seinem Erfolg, und als Capaul nochmals die Hand hob, erteilte er ihm unbedacht das Wort.

Capaul zeigte auf das Leuchtschild, das auch hier am Fahrzeugschuppen hing, unter dem stilisierten Bethlehemstern: *Diese Baustelle ist unfallfrei seit 1 Tag.*

»Was weiß man denn inzwischen über den Unfall?«, fragte er.

Baumann zögerte. Er setzte kurz die Brille ab und rieb sich die Augen, dann sagte er sehr ernst: »Noch vor zwei Tagen stand da: ›Unfallfrei seit 513 Tagen‹. Seit fast anderthalb Jahren also. Die Sicherheitsvorkehrungen sind wirklich vorbildlich. Sie müssen sich das einmal vorstellen: Zweihundert Männer arbeiten hier Tag und Nacht, rund um die Uhr, mit Sprengstoff und schwersten Maschinen. Und über ein Jahr lang geschieht nicht das Geringste, kein gequetschter Fuß, keine gebrochene Nase, nichts. Der Unfall gestern war tragisch, wie auch jener vor anderthalb Jahren. Doch streng genommen war es diesmal überhaupt kein Baustellenunfall. Es geschah im alten Tunnel, nicht im neuen, und der Arbeiter war außer Dienst. Dass wir das Schild trotzdem wieder auf null gestellt haben, geschah aus Respekt dem Verunfallten gegenüber, seinen Kumpels und Angehörigen und nicht zuletzt dem Lokführer. Solche Tragödien sind die schwarzen Tage einer Dienstzeit.«

Capaul hakte nach. »Sie sagen, er war außer Dienst. Ich habe gehört, der Unfall ist bei der Wasserscheide passiert. Wie kam er da hin? Was tat er da?«

Baumann sah ihn mit leerem Blick an.

»Da wissen Sie mehr als ich«, sagte er und zeigte zur neuen Tunnelpforte. »Sehen Sie dort das Glückauf-Schild mit den gekreuzten Hämmern? Es ist gesegnet und beschützt unsere Mineure. Genauso wie die heilige Barbara, ihre Schutzpatronin.«

Diesmal verzichtete Capaul darauf, die Hand zu heben: »Wer war die heilige Barbara?«

Baumann schnauzte: »Wie gesagt: die Schutzpatronin der Mineure.«

Ein ziegenbärtiges Männlein mit Nickelbrille und altmodischem Gehrock wusste mehr.

»Sie konvertierte zum Christentum, gegen den Willen ihres Vaters. Der ließ sie foltern, er ließ sie einsperren, alles vergeblich. Schließlich gab er den Auftrag, seine Tochter zu töten, aber sie konnte fliehen und versteckte sich in einem Felsspalt. Leider wurde sie verraten, von einem Hirtenbuben, den Gott zur Strafe in einen Stein verwandelte. Selbst die Engel konnten Barbara nicht retten, sie wurde von ihrem Vater geköpft. Immerhin traf ihn danach der Blitz, und er verbrannte.«

»Eine Häutung kommt nicht vielleicht auch noch vor?«

»Bedauerlicherweise nicht«, sagte das Männlein im Gehrock lächelnd.

»Jetzt aber genug der Schauermärchen«, entschied Baumann. »Sie sehen noch das alte Spital, dort mitten auf der Baustelle, das schindelgedeckte Häuschen mit den Geranien. Später war es ein Doppelwärterhaus. Jetzt ist das Haus als Ferienwohnung vermietet, trotz des Lärms und Staubs reißen sich die Eisenbahnfans darum. Und nun bitte zurück in die Garderobe und Helm und Weste an die Haken hängen!«

Gern hätte Capaul auf dem Rückweg noch ein paar Sätze mit Baumann gewechselt, aber das wollten auch andere, und Baumann tat nichts, um die Leute knappzuhalten.

Dafür hängte sich der im Gehrock an Capaul.

»Mein Name ist Rupprechter, ich bin Seelsorger der Tiroler Gemeinde Erl. Ich organisiere die Rückführung von Alois Hinterholzer.«

»Alois, so hieß er also?«

Rupprechter lachte verwundert.

»Sie haben so viele Informationen und kennen seinen Vornamen nicht?«

Capaul überging die Frage.

»Wo ist er denn jetzt?«

»In Chur, zur Obduktion. Die Versicherung will das so. Wenn er betrunken war, bezahlt sie nicht. Oder weniger.«

»Hatte er denn Familie?«

»Nur Mutter und Vater. Uns Erler trifft das alle, wir sind ein kleines Dorf, da kennt man sich.«

»Ja, natürlich«, sagte Capaul verständnisvoll. »Eine Freundin hat mir kürzlich etwas sehr Schönes und Tröstliches gesagt: ›Zum Leben gibt es zwei Wege, der eine ist der gewöhnliche. Der andere ist schlimm, er führt über den Tod. Aber das ist der geniale Weg.‹«

Rupprechter nickte.

»Das ist aus Thomas Manns *Zauberberg*. Mag sein, dass er recht hat, wir wissen es nicht.«

»Ich wusste nicht, dass der Satz so bekannt ist.«

»Was heißt ›bekannt‹? Unter Germanisten vielleicht, und unter Seelsorgern. Ich bin beides. Laienseelsorger wohlgemerkt, nicht Pfarrer.«

»Womöglich kennen Sie beide sich sogar. Silke Simon? Sie war mit Alois befreundet.«

Rupprechter schüttelte den Kopf.

»Simon? Nein. Ich habe die Ehre, einen gewissen Alfred Simon zu kennen, Sterbeethiker, der Name wäre mir aufgefallen.«

Damit hatten sie die Garderobe erreicht, gaben als Letzte Helm und Weste ab, und Rupprechter zog eine Reisetasche unter der Bank hervor.

Als er Capaul die Hand reichen wollte, sagte der: »Vielleicht können Sie mir noch helfen.«

»Womit? Gleich fährt mein Zug nach Chur. Mit der Baustellenbesichtigung habe ich nur die Zeit bis zur Abfahrt totgeschlagen. Ich werde die Leiche ansehen, das bin ich Loisls Eltern schuldig.«

»Das muss ein grausamer Anblick sein.«

Rupprechter bemerkte lächelnd: »Es gibt eine Schönheit des Tages, und es gibt eine Schönheit der Nacht.«

Das wollte Capaul sich merken.

»Ich will Sie nicht aufhalten, aber vielleicht haben Sie einen Tipp, mit wem ich noch reden könnte.«

»Mit Toni. Loisl hat mit ihm das Zimmer geteilt, dort im Containerbau. Toni Brack, er ist ebenfalls aus unserem Dorf. Die beiden waren schon als Kinder wie Kletten.«

»Oh, ist er überhaupt ansprechbar?«

Rupprechter hob die Schultern.

»Wissen Sie, Männer zeigen bei uns keine Gefühle. Zweifellos geht es ihm beschissen, verzeihen Sie den Ausdruck. Trotzdem geht er weiter zur Schicht. Er geht essen, geht schlafen. Ich habe ihm gesagt: ›Toni, du musst auch trauern.‹ Und wissen Sie, was er geantwortet hat? ›Hans …‹ Bei uns auf dem Land duzt man sich. ›Hans, getrauert habe ich schon längst, und nicht zu knapp.‹«

»Schon längst? Was soll das bedeuten?«

Rupprechter wollte antworten, doch da fuhr sein Zug ein, die Bremsen kreischten.

»Verraten Sie mir noch, wer Sie sind und wieso Sie all das wissen wollen?«, schrie Rupprechter.

Dann stand der Zug, sie konnten wieder in normaler Lautstärke reden.

»Ich weiß es selbst nicht so genau«, gestand Capaul. »Für Alois' Freundin.«

»Wenn Sie etwas finden, rufen Sie mich dann an? Ich stehe im Telefonbuch. Rupprechter in Erl. Erl wie Erlkönig.«

Capaul versprach es und wünschte gute Reise. Er sah einer Krähe zu, welche die Fahrleitung ansteuerte, aber dann überlegte sie es sich doch anders und glitt darüber hinweg.

»Haben Sie es doch noch geschafft?«, fragte Janine Hess, seine Zugführerin vom Vortag. »Steigen Sie zu?«

»Nein, ich bleibe. Aber sagen Sie, wie viel Strom fließt da oben in den Leitungen eigentlich?«

»Elftausend Volt. Denen kommt man besser nicht zu nahe. Der Strom kann Sie anspringen wie ein wildes Tier.« Sie zwinkerte ihm zu, blies in die Pfeife und stieg ein.

Oder wie ein Blitz, dachte er bei sich. Heilige Barbara.

»Und woher kommt der Strom?«, fragte er noch, während der Zug anrollte.

Sie zeigte steil hoch ins Gebirge.

»Aus dem Wasser.«

VII

Rupprechter hatte ihm noch durchs Zugfenster gewinkt, Capaul machte nur eine flüchtige Geste.

Dann ging er zum Wohncontainer der Arbeiter. Er zählte sechsunddreißig Fenster auf zwei Stockwerken. Wenn also jedes Zimmer ein Fenster hatte, wenn alles Doppelzimmer waren und es Nord- und Südzimmer gab, war hier Platz für gut hundertvierzig Mann. Auf dem Parkplatz standen vor allem Autos mit österreichischem oder tschechischem Nummernschild, dazu einige italienische und sehr wenige aus der Schweiz.

Er betrat das Gebäude. Es wirkte verlassen, außer einem Summen im Stromkasten und gelegentlichem Knacken in den Kunststofffugen war nichts zu hören. Capaul studierte den Schichtplan am Schwarzen Brett. Gearbeitet wurde jeweils zehn Tage am Stück, erst Nacht-, dann Spät- und zuletzt Frühschicht, danach gab es vier freie Tage.

Unvermittelt wurde im oberen Stock eine Tür aufgestoßen und knallte gegen die Wand.

»Saggra, ningascht find i mei Pfoat.« Ein schmal gebauter Mann mit nacktem Oberkörper polterte die Treppe hinab. Er stürmte in den Badecontainer, schaute in alle Toiletten, kam wieder heraus, kratzte sich den nackten Bauch und sah sich ratlos um.

»Sie sind nicht zufällig der Toni Brack?«, fragte Capaul.

Statt zu antworten, rief der andere: »Toni.«

Oben ging noch eine Tür auf.

»Was?«

»Kimm amoi hea.«

Fluchend kam Toni herunter, im Gehen schloss er die Jacke. Auch er war überraschend schmal gebaut, hatte kurz geschorenes braunes Haar und leuchtend blaue Augen. Währenddessen eilte der andere weiter, auf den Parkplatz hinaus.

»Sucht er etwas?«, erkundigte sich Capaul bei Toni.

»Ja, sein Hemd. Offenbar hat er es verlegt.«

Der andere kam wieder herein. »Nicht verlegt, es wurde gestohlen.«

»Warum suchst du dann im Auto?«

»A, hoit de Gosch, Hallodri.«

Toni sah ihm nach, wie er wieder die Treppe hochpolterte, und erklärte: »Wir Tiroler haben alle die gleichen Hemden, fünf Euro bei Lidl. Es wird einer etwas verwechselt haben. Und was wollen Sie hier?«

»Verstehen, was passiert ist«, sagte Capaul.

Toni brauchte keine weitere Erklärung. Er machte ein Gesicht, als wollte er ausspucken.

»Woher soll ausgerechnet ich das wissen?«

»Glauben Sie, es war ein Unfall?«

Toni trat einen Schritt zurück.

»Was denn sonst, soll er sich etwa umgebracht haben? Sind Sie von der Versicherung?«

»Nein, von der Polizei, aber ich bin privat hier. Alois und ich, wir haben … wir hatten eine gemeinsame Freundin.«

Toni verschränkte die Arme und zog sich noch weiter zurück.

»Wer soll das sein?«

»Eine Silke Simon. Drüben im Engadin nennt man sie Fräulein Nietzsche. Kennen Sie sie? Bestimmt doch, wenn Alois und Sie so eng miteinander waren.«

»Hat die Sie geschickt?«

»Nein, das kann man so nicht sagen. Aber es beschäftigt mich halt. Es beschäftigt sie. Ich würde ihr gern helfen.«

»Hören Sie, seit gestern früh habe ich mehrmals mit der Polizei, dann mit der Staatsanwaltschaft, mit so einem Care-Team-Heini und mit dem Goschaten aus unserem Dorf zusammensitzen müssen, alles neben meiner Arbeit unter Tage.«

»Mit was aus Ihrem Dorf?«

»Goschaten. Großmaul.«

»Dem Hans Rupprechter?«

Toni überging die Frage: »Dazu Telefonate mit a, der Zeitung, b, dem Radio, c, Loisls Eltern, d, meinen Eltern. Und jetzt noch Sie. Loisl ist tot, ja? Leute sterben nun mal. Es ist nicht zu ändern. Und mir ist ganz und gar gleichgültig, wurscht, egal, wie genau das kam. Wie sagt ihr Schweizer? Nachjassen stinkt. Und iaz schaugst, dasd Metta gwinnst.«

Mit dieser kryptischen Bemerkung drehte er sich um und ging wieder hoch.

Als Capaul das Arbeiterwohnheim verließ, fiel sein Blick auf einen unbehauenen, grob quaderförmigen Stein, der hochkant auf der Wiese stand. Er war nicht allzu groß, vielleicht hüfthoch, und Capaul wollte sich daraufsetzen und die letzten Sonnenstrahlen genießen. Doch beim Nähertreten bemerkte er ein Messingschild.

BAU DES ALBULATUNNELS
STEIN, DER 3 ARBEITER ERSCHLUG
13 ANDERE VERLOREN NOCH DAS LEBEN
IHR OPFER SEI NICHT VERGESSEN

Jetzt erst wurde ihm bewusst, welche Gewalt in dem Gestein steckte, das die Männer da herausschafften. Er versuchte sich hineinzuversetzen, was sie fühlten, wenn sie Tag für Tag an diesem Denkmal vorbei in den Schacht fuhren, um sich wieder ein paar Meter weit vorzugraben, über sich einen ganzen Berg, und verstand ihr Schweigen etwas besser, das Insichgekehrtsein, während sie aßen.

Auch ihm war nicht mehr nach Reden, und obwohl es ihn ärgerte, dass er noch immer überhaupt keine Vorstellung davon hatte, was im Tunnel geschehen war, beschloss er, zurück nach Bever zu fahren und sein neues Zimmer zu beziehen.

Der nächste Zug ließ auf sich warten, und nachdem Capaul bis ans Ende des Perrons gebummelt war, setzte er sich auf die Rampe vor dem Abfertigungshäuschen, unter ein Schild *Schlittenausgabe*, und nahm den Fidget Spinner hervor, um etwas zu spielen.

Zwei Männer in Helm und Signalweste, doch darunter hemdsärmelig und mit Halbschuhen, suchten hinter ihm den Schutz der Hauswand, denn es war windig geworden. Sie waren jung und ruhig wie die meisten, waren jedoch womöglich Ingenieure, denn sie hatten dünne Aktenmappen bei sich und besprachen ein Problem mit den Feinanteilen im Spritzbeton. Beide waren sehr unscheinbar. Auf den ersten Blick unterschieden sie sich nur darin, dass der eine glatt rasiert war, mit einer kleinen Narbe auf der Wange, der andere trug einen gepflegten Dreitagebart.

Der Rasierte hatte währenddessen offenbar Capaul beim Spielen zugesehen, denn schließlich kam er zu ihm, deutete auf den Spinner und bat: »Darf ich mal?«

Capaul stand auf, gab ihn ihm und ließ sich zeigen, wie man den Spinner korrekt hielt – zwischen Daumen und Mittelfinger – und in Drehung versetzte – mit einem Schnippen des Ringfingers. Dann führte der Rasierte mit verschämtem Lächeln einige Kunststücke vor.

»Meine Buben haben solche«, erklärte er, als er Capaul den Spinner zurückgab. »Ich habe tüchtig geübt, natürlich will ich ihr Vorbild sein.«

»Würden Sie auch wollen, dass Ihre Söhne im Tunnel arbeiten?« Capaul fragte aus bloßer Neugierde.

»Sie meinen, weil es gefährlich ist?« Der Mann überlegte, währenddessen fuhr er gedankenverloren mit dem Finger über seine Narbe, so als könnte er sich nicht ganz an sie gewöhnen. Dabei schien es eine alte Narbe zu sein. »Tunnelbau ist nicht Bergbau«, erklärte er dann so zurückhaltend, als sei er sich seiner Worte nicht ganz sicher. »Meinen Kindern gegenüber vergleiche ich unsere Arbeit immer mit der eines Astronauten. Ja, sie ist tatsächlich gefährlich – die der Ingenieure nicht so sehr wie die der Mineure, dafür sind wir schuld, wenn denen etwas passiert. Und wir sind in den letzten hundert Jahren zwar eindeutig besser geworden. Trotzdem geht nach dem Heimurlaub jeder von uns mit dem Gedanken von zu Hause fort, dass seine Kinder ihn vielleicht zum letzten Mal gesehen haben. Wichtiger aber ist: Wir tun etwas Großes. Es mag niedlich aussehen, wie die kleinen roten Züge der RhB über Viadukte, Brücken und durch

Tunnel oder Galerien rattern, doch dahinter steckt eine der großartigsten Leistungen der Menschheit. Diesem großen Werk haben wir uns verschrieben, und die Gefahr nehmen wir in Kauf. Wenn nach zwölf Jahren Planung und Schichtarbeit der Albula ein zweites Mal besiegt ist, haben wir etwas fürs Leben. Meine Antwort auf Ihre Frage daher: Ja, ich würde meinen Buben gratulieren, könnten sie bei einem solchen Jahrhundertprojekt mitarbeiten.«

»Uff, das sind große Worte«, stellte der Dreitagebart fest, und Capaul nickte.

Dann fragte er: »Ist Alois Hinterholzer für das Große gestorben?«

Die Frage überrumpelte beide.

»Oh«, rief der Rasierte und fasste sich wieder an die Narbe.

Der Dreitagebart fragte wie zuvor schon Toni Brack misstrauisch: »Sind Sie etwa von der Versicherung?«

»Nein, es lässt mich nur nicht los«, erklärte Capaul. »Ich habe gehört, dass einer, der sich auskennt, nicht so leicht unter einen Zug gerät, außer er ist heftig betrunken. Was wiederum tut ein Betrunkener nachts so tief im Tunnel? Es geschah ja oben bei der Wasserscheide, rund drei Kilometer von hier. Von der Baustelle des neuen Tunnels her gesehen ist es wohl nah. Ich weiß ja nicht genau, wo Sie jetzt bohren, aber wenn dieser Tage der Durchstich ist, müssten Sie wohl auch etwa in der Mitte sein. Und dann wäre die Unfallstelle von Alois' Arbeitsplatz nur einen Querabschlag entfernt, und der ist wie lang?«

»Rund dreißig Meter«, antwortete der Glattrasierte.

»Das ist auch für einen Schwerbetrunkenen machbar.

Nur hatte Alois gar keinen Dienst. Oder er kam gerade vom Dienst – bisher konnte ich nicht in Erfahrung bringen, welche Schicht er hatte. Er hat sich in Windeseile einen angebechert, auf ebenjenen dreißig Metern. Aber das ist doch sehr unwahrscheinlich.«

»Gerätselt haben wir alle«, sagte der Dreitagebart. »Nur hilft das nichts. Die Staatsanwaltschaft wird die Umstände schon klären. Übrigens hatte er Spätschicht, die dauert bis zehn Uhr. Und seine Kumpels sagen, er sei ganz normal gewesen. Der Zug, der ihn erfasst hat, kann entweder der 22:34 nach Samedan gewesen sein oder der erste Güterzug um kurz nach fünf Uhr früh.«

»Es heißt, dass er quasi gehäutet wurde, wie die Sennen in dieser Sennentuntschi-Sage«, bemerkte der Rasierte. Ihn fröstelte, und er rieb sich die Arme.

Capaul wunderte sich.

»Sie sind bereits der Zweite, der das sagt.«

»Diese Schauspielerin hat uns aber auch schön eingeheizt«, erwiderte der Dreitagebart.

»Schauspielerin?«

»Wir haben hier immer so Kunstabende«, erklärte er. »Vor etwa zwei Monaten hat uns eine Schauspielerin Alpensagen erzählt. Schaurig-schön, vor allem die von den Sennen, die sich eine Art Sexpuppe basteln. Diese Puppe erwacht zum Leben und rächt sich an den Sennen.«

»Ich glaube, sie rächt sich nicht einmal«, wandte der Rasierte ein, »sie lebt nur ihre Natur aus. Wie die Gottesanbeterinnen, die ihre Männchen nach dem Beischlaf fressen. Auf alle Fälle war die Frau eine Wucht.«

»Obergruselig war's«, bestätigte der Dreitagebart. »Jede Wette, die halbe Mannschaft hat danach von ihr geträumt.« Er durchsuchte seine Aktenmappe. »Dacht' ich's mir doch.«

Er zog einen zerknitterten Flyer hervor und gab ihn Capaul.

VOM MENDRISCH UND ANDEREN GEISTERN
ALPENSAGEN, ERZÄHLT VON SILKE SIMON
(THALIA THEATER HAMBURG)

Capaul fror jetzt auch.

»Ja, die kenne ich. Darf ich den Flyer behalten?«

»Bitte.«

Damit erstarb das Gespräch. Alle drei traten fröstelnd von einem Fuß auf den anderen und schauten nach dem Zug aus, der auch gleich kam.

Während Capaul die Wagen nach der zweiten Klasse absuchte, begaben sich die Ingenieure zum Führerstand und stiegen beim Lokführer zu. In Spinas stiegen sie schon wieder aus, Capaul sah sie auf eine Baracke mit einem angetackerten Schild *Bauleitung* zugehen.

In Samedan stieg Capaul ins Auto um. Als er zur Abenddämmerung die Pensiun Trais Piz betrat, war er erschöpft. Er schlich in sein Zimmer, um dem Hotzenplotz nicht begegnen zu müssen, und machte auch kein Licht.

Sein Plan war, sich kurz hinzulegen und dann zum CVJM zu fahren, zu einem geselligen Abendessen und weiteren Vorträgen, um sich wieder etwas aufzuheitern. Doch kaum hatte er sich auf die nackte Matratze gelegt – Bettzeug und Decke lagen bereit, doch das Bett war nicht bezogen –, nickte er tief ein.

So tief, dass er nicht begriff, wo er war und was geschah, als ein schrilles Piepsen ihn weckte. Das Piepsen verstummte. Als es von Neuem einsetzte, fiel Capaul ein, dass er neuerdings ein Handy besaß. Er musste sich nicht einmal aufsetzen, weil er noch die Jacke trug.

Jon Luca war am Apparat.

»Capaul, du sorgst wieder einmal für Beschwerden, diesmal aus Preda. Wenn Gisler von deinem Herumgeschnüffle erfährt, bist du ein für alle Male raus. Begreif endlich, Polizeiarbeit läuft so nicht.«

Capaul wollte sich herauswinden. »Was heißt ›läuft so nicht‹? Ich habe nichts getan, nur einen Ausflug gemacht und mich unterhalten. Darf ein Polizist sich in der Freizeit nicht mehr amüsieren?«

»Amüsieren?« Jon Luca klang müde. »Du hast eine Baustellenführung sabotiert. Du hast Hausfriedensbruch begangen. Du streust Gerüchte, dass unsere Kollegen drüben schlampen.«

Capaul setzte sich auf die Bettkante und tastete nach einer Lampe.

»Vielleicht schlampen sie ja auch. Ihre Theorie jedenfalls, dass Alois betrunken auf dem Gleis eingeschlafen ist, passt überhaupt nicht. Nicht zum Ort des Todes, nicht zu den Menschen.«

»Diese Theorie haben sie inzwischen auch fallen lassen«, bestätigte Jon Luca. »Er hatte keinen Alkohol im Blut.«

»Oh«, sagte Capaul. »Und was ist jetzt ihre Theorie?« Endlich hatte er den Schalter gefunden und machte Licht.

»Sie haben noch keine. Was ist denn deine?«

Capaul lachte.

»Von einer Theorie bin ich weit entfernt. Ich kenne nicht einmal den Todeszeitpunkt.«

»22:40, es war der Spätzug. An zwei Wagen waren Kleiderfetzen, Haut und Blut. Die Gerichtsmedizin hat den Zeitpunkt bestätigt. Ich frage anders: Was würdest du als Nächstes tun?«

Capaul zögerte. Etwas in ihm warnte: Halt jetzt einfach die Klappe. Aber die Neugierde siegte. »Fräulein Nietzsche könnte ein Schlüssel sein. Ich würde zu gern ihre Geschichte kennen. Sie war nämlich auch in Preda. Vor vier Wochen hat sie den Mineuren Sagen erzählt.«

»Du meinst, Hinterholzer war auf dem Weg zu ihr?« Jon Luca klang deutlich wacher.

»Vielleicht. Da ist noch etwas. Sie hat in Preda die Sage vom Sennentuntschi erzählt.«

Jon Luca stutzte, dann brach er in Gelächter aus. »Schon klar: Silke Simon als männerfressendes Monster.«

»Nein, dafür ist sie zu zart. Aber vielleicht will jemand, dass es so aussieht.«

»Wer sollte das wollen. Und wozu? Ganz abgesehen davon, dass der Mann nicht gehäutet wurde, sondern zwischen Zug und Tunnelwand aufgerieben.«

»Stimmt«, gab Capaul zu. »Trotzdem bin ich neugierig, ob es Heilige gibt, die gehäutet wurden.«

»Warum?«

»Ich weiß nicht, es ist nur ein Gefühl.«

Während er sprach, klopfte es an die Zimmertür.

»Ich komme gleich«, rief er, »ich bin am Telefon.«

»Schön«, sagte Jon Luca, »ich werde Fräulein Nietzsches Biografie durchleuchten. Die Bibelsache kannst du gern selbst erledigen.«

Es klopfte wieder, dann wurde die Klinke gedrückt.
»Ich bekomme Besuch«, sagte Capaul und hängte auf.

Der Hotzenplotz stand in der Tür und sagte: »Ich habe Licht gesehen, dann habe ich Stimmen gehört. Ich wollte mich nur vergewissern, dass Sie hier keine Gäste empfangen.«

»Ich sagte doch, ich bin am Telefon.«

»So was ist schnell gesagt. Wo waren Sie den ganzen Tag?«

»Zur Baustellenführung in Preda. Und Sie? Warum sind Sie nicht in La Punt bei den anderen?«

»Weil ich auf Sie gewartet habe. Haben Sie die Kinder gesehen?«

»Welche Kinder? Die aus dem CVJM? Robin und Laura? Nein.«

»Das sollten Sie aber. Ich will, dass Sie Präsenz markieren.«

»Warum sollte ich das tun?«

»Darum. Ich will, dass Sie ihr Vertrauen gewinnen. Das dürfte Ihnen nicht schwerfallen, mit Ihrer kindlichen Art und dem treuherzigen Blick.«

Capaul lachte. »Habe ich das?«

Herr Moor überhörte ihn.

»Morgen nimmt die ganze Schulklasse an einem Fußballturnier hier in Bever teil. Werden Sie hingehen?«

Capaul hob die Schultern. »Wenn Ihnen daran liegt, kann ich gern vorbeischauen. Ich wüsste nur gern, was der Sinn der Sache ist.«

»Nicht nötig, tun Sie einfach, was ich sage.«

Dann ging er aus dem Zimmer.

VIII

Es war kurz nach neun. Capaul fuhr im Chrysler nochmals nach Samedan, um im Pachifig Döner seinen Hunger zu stillen. Mit leiser Wehmut ging er am Wassermann vorbei, Bernhild hatte bereits wieder, vielleicht auch immer noch, geschlossen. Danach fuhr er nach La Punt, am CVJM vorbei, er konnte sich aber nicht aufraffen, aus dem Wagen zu steigen.

Gegen zehn Uhr war er wieder in seinem Zimmer, bezog das Bett und blätterte in der Hotelbibel. Er faltete die Überlebensfolie, die ihm im Wassermann so gute Dienste geleistet und die er bei der Abreise hastig in den Koffer gestopft hatte. Kaum hatte er den Spinner hervorgenommen, um etwas zu üben, als unter dem Fenster ein Zug vorbeiratterte. Er sah auf die Uhr, 22:40, es war der Spätzug nach Samedan, mit dem vierundzwanzig Stunden zuvor Alois Hinterholzer getötet worden war. Capaul löschte das Licht, stellte sich ans Fenster und sah den Lichtern nach. Eine Weile blieb er so stehen und hoffte auf weitere Züge, vielleicht aus dem Unterengadin, dann beschloss er, zu Bett zu gehen.

Der Schlaf wollte lange nicht kommen. Der Döner lag ihm im Magen, außerdem klopfte die Heizung, die Bettwäsche roch so heftig nach Waschpulver, dass es die Nase reizte, und zu guter Letzt bildete er sich ein, die elftausend Volt Hochspannung zu fühlen, die durch die Fahrleitung vor dem Fenster flossen.

Als er endlich einnickte, quälten ihn Träume. Er war im Albulatunnel – offenbar als Mineur, denn er trug Weste, Helm und Stirnlampe –, als unvermittelt der Tunnel geflutet wurde und die Wassermassen ihn mitrissen, ihn und alle seine Kumpels. Bei jedem Querabschlag, an dem er vorbeitrieb, und jeder Schutznische versuchte er vergeblich, die Mauerkante zu fassen. Doch es gelang nicht, weil immerzu etwas gegen ihn schlug: treibende Werkzeugkisten, Bündel von Dynamitstangen, einmal auch ein toter Hirsch. Immer mehr war das Wasser von Blut getrübt, und immer schneller floss die Flut, bis sie durch den Tunnel schoss wie durch einen Schlauch, mit exakt fünf Bar Druck, wie er sich im Traum sagte.

Inzwischen schien Capaul, er wäre der einzige Überlebende. Das Tunnelgewölbe war gespickt mit spitzem, scharfem Tropfstein. Es konnte nicht mehr weit sein bis zum Nordportal, wo er in Sicherheit war, als er einen Schlag wie den einer Peitsche fühlte. Als Mineur hatte er keinen Zweifel, dass die Detonationswelle einer gewaltigen Explosion durch den Tunnel fuhr. Wie orchestriert lösten sich gleichzeitig alle Stalaktiten von der Decke, stürzten herab und füllten das Gewölbe auf. So konnte er aus dem Wasser klettern. Wie durch ein Wunder war ihm nichts geschehen, abgesehen davon, dass er nun taub war.

Dann fand er Silkes nackte Leiche. Ihre Haut war grau und ausgelaugt, als läge sie schon länger im Wasser. Sie war halb unter Tropfsteinen begraben, vergeblich versuchte er sie herauszuziehen und riss ihr dabei den Arm ab. Das war ihm furchtbar peinlich, und er entschuldigte sich so lange auf Romanisch, bis eine spitze, quengelnde Stimme, vielleicht Rupprechter, rief: »Saggra, halt di Goschn.«

Damit wachte er auf. Es war noch dunkel, draußen toste gerade ein Zug in Richtung Albula. Capaul sagte sich, dass es der erste Zug nach Ablauf der Nachtsperre sein musste. Demnach war es kurz nach fünf. Vierundzwanzig Stunden zuvor hatte der Lokführer jenes ersten Zugs Loisls Leiche auf dem Trassee entdeckt, und noch gefangen in der Stimmung seines Albtraums schien es Capaul durchaus möglich, dass wieder etwas vorgefallen war. Vor Spannung nur flach atmend wartete er ab, ob die Strecke erneut gesperrt würde. Doch ein zweiter Zug fuhr durch, auch ein dritter. Dann kamen die ersten Autos, und als das erste Tageslicht den Himmel färbte und Capaul durch das gekippte Oberfenster flüchtig das Geplauder zweier Frauen hörte, die wohl auf Fahrrädern nach Samedan unterwegs waren, zog es ihn ebenfalls hinaus.

Die Glocke im zarten Kirchturm, der fast wie ein Minarett in den veilchenblauen Himmel ragte, schlug sieben Uhr, als Capaul die Pension verließ. Der Volg wurde gerade geöffnet, er war der erste Kunde und kaufte backwarme Brötchen und kalten Kaffee. Die Verkäuferin schenkte ihm ein verschlafenes Lächeln, verabschiedete ihn mit »Bel di«, und kurz hellte sich seine Stimmung auf. Doch er war mit der Gewissheit erwacht, dass es ein Fehler gewesen war, Jon Luca auf Fräulein Nietzsche anzusetzen, und spazierte auch deshalb in die Val Bever, um sie zu warnen. Er hätte nicht sagen können, wovor, aber er fühlte sich verpflichtet, in ihrer Nähe zu sein. Außerdem wollte er sie allerhand fragen.

Diesmal fand er die Abzweigung ohne Probleme. Ja, er stand so plötzlich vor ihrem Bauwagen, dass er es verpasste, sich anzukündigen. Als er die kleine Lichtung erreichte, auf der der Wagen stand, kauerte Silke gerade nackt neben dem Bauwagen, rieb die Haut mit taunassen Blättern ab und rubbelte mit einem Tuch hinterher. Erleichtert sah er, dass die Haut sehr schön durchblutet war, ganz anders als im Traum. Dann drehte er sich eilig um, rief: »Verzeihung!«, und verbarg sich hinterm Wagen.

»Kein Problem«, sagte sie. Er hörte sie in den Wagen gehen, zwei Minuten später kam sie angekleidet zu ihm.

»Du hast mich bei der Morgentoilette überrascht. Jetzt ist das Frühstück an der Reihe.«

Ganz selbstverständlich nahm sie ihn bei der Hand und führte ihn tiefer in den Wald. Schweigend gingen sie Seite an Seite, manchmal, wenn der Weg zu steil wurde, ließen sie einander los und stützten sich mit den Händen ab. Einmal tastete Silke auch den nadelbedeckten Boden ab, als witterte sie Pilze. Sie sammelten dann aber nur Himbeeren, von denen noch erstaunlich viele an den reifbedeckten Sträuchern hingen. Sie waren sehr klein und angetrocknet, schmeckten aber sehr gut. Während sie sammelten – Silke in ein Tupperschälchen, Capaul in die hohle Hand –, entfernten sie sich immer wieder voneinander. Irgendwann rief Capaul dann: »Hier hat es noch ganz viele«, und sie kam zu ihm, oder sie rief spitz und lockend: »Komm«, dann lief er wieder Silke nach.

Mittlerweile schien die Morgensonne durch die Wipfel, der Reif schmolz, und ganz feine Dunstwolken stiegen hier und da vom Boden auf. Capaul setzte sich auf einen umgestürzten Baum und wunderte sich über so viel Schönheit, bis Silke ihn aufzog, leise spöttisch sagte: »Jetzt hast du einen nassen Hosenboden«, und ihn zu einer Lichtung führte, auf der eine Kuh graste.

»Kraule sie zwischen den Hornansätzen«, forderte sie ihn auf, und während er es mit sehr viel Respekt tat, denn so ein Kuhschädel hatte viel mehr Masse, als er erwartet hatte, kauerte sie nieder und melkte aus einer Zitze etwas Milch ins Tupperschälchen.

Danach kehrten sie zurück. Capaul hatte jegliches Zeitgefühl verloren, er sah nur, dass auch der Bauwagen inzwischen in der Sonne stand.

»Zieh die Hose aus«, sagte sie.

»Ich müsste auch mal für kleine Jungs«, sagte er. »Wo war schon wieder das nächste Häuschen?«

Silke lachte laut. »Glaubst du, Tiere gehen aufs Häuschen? Da drüben ist unsere Toilette.« Sie zeigte in Richtung Waldrand. »Danach scharre etwas Erde darüber.«

»Und Papier?«, fragte er verlegen.

Sie riss etwas Gras ab und hielt es ihm vors Gesicht.

»Früher oder später ist sowieso alles dasselbe. Und wer sich vernünftig ernährt, der stinkt auch nicht.«

Er zog los. In der Richtung, die sie ihm gewiesen hatte, lag die Scheibenanlage des Schießstands.

»Keine Angst, heute wird nicht geschossen«, rief sie ihm nach, als hätte sie seine Gedanken erraten. »Und vergiss nicht, die Hose auszuziehen.«

Er beließ es dann doch beim kleinen Geschäft, zog aber die Hose aus und brachte sie ihr. Silke hängte sie im Bauwagen an einen Schieber am Ofenrohr und holte zwei sehr bunte, vielleicht peruanische Decken. Die eine breitete sie auf dem Boden aus, die andere legte sie Capaul, nachdem er sich gesetzt hatte, über die Beine.

Dann brachte sie einen Topf mit warmer Hafergrütze, schüttete die Himbeeren und die Milch darüber, setzte sich neben ihn, und sie aßen. Den Löffel teilten sie sich.

Während alldem hatten sie wieder geschwiegen, bis Capaul verträumt feststellte: »Ja, das ist wirklich *Zauberberg*.«

Silke sah ihn überrascht, auch leicht belustig an.

»Ich nehme schwer an, du hast das Buch gar nicht gelesen.«

»Nein«, gab er zu, »aber das Zitat, das du aufgesagt hast, will mir nicht mehr aus dem Kopf. Ganz vieles aus unseren Begegnungen will mir nicht mehr aus dem Kopf.«

Er wartete darauf, dass sie nachfragte, doch sie tat ihm den Gefallen nicht.

»Ich habe meine Mutter in den Tod begleitet«, erzählte er. »Davor hatte ich sie fast zehn Jahre lang gepflegt. Sie ertrug außer mir keine Menschen um sich. Wäre sie nicht gewesen, hätte ich studiert, vielleicht Archäologie. Mit Pinsel und Blasbalg Knöchelchen und Scherben auszugraben hätte mir gefallen. Ich hätte aber auch gern gelernt, Fresken zu malen, oder diese Sgrafitti, die man hier überall sieht. Stattdessen bin ich Polizist geworden.«

»Ach!«

»Habe ich dir das nicht erzählt? Aber ich bin nicht im Dienst, falls du das denkst.«

»Das wäre auch lustig, ein Polizist ohne Hosen. Warum Polizist?«

»Ganz ehrlich? Weil es eine bezahlte Ausbildung ist. Ich habe für meine Mama ganz schön Schulden machen müssen. Außerdem habe ich mir vorgestellt, man sitzt den ganzen Tag gemütlich im Büro und erledigt Schreibkram. Aber davon wollte ich gar nicht sprechen.«

»Sondern?«

Sie sah ihn so unverwandt an, dass er den Blick senken musste.

»Ich habe von dir geträumt«, gestand er.

Gleich legte sie ihm verspielt die Hand auf den Mund, ihre Finger dufteten nach Himbeeren und Kuh.

»Scht. Gewisse Dinge verlieren ihren Zauber, wenn man sie ausspricht. Wollen wir hineingehen?«

»Gute Idee«, sagte er. Denn die Decke kratzte, und er hoffte, dass die Hose schon trocken war.

Im Bauwagen füllte Silke Wasser in die Karbidlampe, schüttelte sie und zündete sie an, dann setzte sie sich im Schneidersitz aufs Fellbett.

»Und nun?«, fragte sie schalkhaft.

Capaul hatte seine Hose geprüft, sie war immerhin fast trocken. Er schlüpfte aus den Schuhen und zog sie an.

»Vielleicht reden wir über Alois?«, schlug er vor.

Sie legte verwundert den Kopf schräg und lächelte.

»Interessiert dich der Tod mehr als das Leben?«

Die Frage, und mehr noch ihr Blick, brachte Capaul zum Lachen. Er überlegte.

»Ich glaube, das Leben ist ziemlich überschaubar. Der Tod ist geheimnisvoller, großartiger. Im Tod ist alles möglich.«

»Im Leben nicht?«

Er wurde rot, ohne recht zu begreifen, warum.

»Ich weiß nicht, sag du es mir.«

In sein Denken schlich sich auch bereits wieder diese sonderbare Leichtigkeit, die ihn letztes Mal überfallen hatte.

Silke warf kurz die Stirn in Falten, dann rutschte sie auf den Fellen hin und her, um es sich bequemer zu machen.

»Du musst wissen, ich bin wie ein Tier. Na ja, sagen wir,

ich strebe danach. Alles, was zählt, ist im Augenblick. Wenn Alois hier war, war das für mich die Welt. War er weg, gab es ihn auch nicht, dann war die Welt etwas anderes. Wenn ich so lebe, immer ganz in der Gegenwart, lösen Begriffe wie Leben und Tod sich auf. Wäre Alois noch am Leben, könnte ich hoffen oder fürchten oder ahnen, dass er nicht mehr wiederkommt. Da er tot ist, muss ich das nicht mehr. Das ist der einzige Unterschied. Und da das Wissen, das Hoffen und das Fürchten nicht in der Gegenwart liegen, kann mir der Unterschied egal sein.«

»Das begreife ich noch nicht.«

»Ich kann nur hoffen oder fürchten, wenn ich die Gegenwart verlasse. Hoffen und Fürchten betreffen die Zukunft.«

»Schön, aber das Wissen?«

In Capauls Ohren sauste es wieder, er hatte Mühe, sich zu konzentrieren.

»Wissen verhindert das Sehen. Wissen macht eng und klein, das Sehen ist riesig. Ein Kind, das die Welt erobert, erfährt sie als unendlich. Unendlich schön, unendlich grausam, unendlich rätselhaft. Je mehr wir wissen, desto kleiner wird die Welt. Lernst du, die Welt wieder zu sehen wie ein Kind – oder eben wie ein Tier –, dann ist das Leben so großartig wie der Tod.«

»Das leuchtet mir ein. Aber etwas verwirrt mich. Die letzten Male, als wir uns getroffen haben, habe ich eine Sehnsucht nach dem Tod bei dir gespürt, die mich sehr berührt hat. Vielleicht habe ich mich sogar ein bisschen darin verliebt. Habe ich mich da völlig getäuscht?«

»In die Sehnsucht nach dem Leben könntest du dich nicht verlieben?«

»Oh, doch, doch«, versicherte er. Gleichzeitig kam wieder, wie damals, dieser Reiz zu lachen auf. »Vielleicht habe ich etwas Angst davor.«

Silke lächelte.

»Mehr Angst vor dem Leben als vor dem Tod?«

Er nickte.

»Ich habe nämlich schon viele glückliche Tote gesehen, aber keine glücklichen Lebenden.« Er prustete los.

Silke lachte kurz mit, dann wurde sie wieder ernst.

»Ich muss gestehen, meine schöne Rede vorhin war nur die halbe Wahrheit.«

»Dacht' ich's mir doch.«

»Ich wäre gern wie ein Tier. Ich wäre gern frei von aller Sehnsucht oder Erwartung. Aber ich bin noch weit davon entfernt.«

Capaul wartete noch auf einen Clou, doch offenbar hatte sie schon alles gesagt.

»Und ich hätte schwören können, du willst mit mir schlafen«, sagte er vergnügt.

»Ja, siehst du, und ich dachte dasselbe von dir.«

»Ich?«, rief er verwundert, dabei machte er eine unkontrollierte Bewegung mit dem Arm und wischte ein paar Bücher vom Tisch. Während er sie aufsammelte, las er die Titel. Lichtenberg: *Sudelbücher*. Kierkegaard: *Tagebücher*. Zuletzt etwas Romanisches, nur ein Heftchen: *Il lai da las ormas*.

»Du liest Romanisch?«, fragte er bewundernd und erhob sich leicht taumelnd, um auf dem übervollen Tisch Platz für die Bücher zu schaffen.

»Mithilfe eines Wörterbuchs.«

»Und warum steht hier kein Autor?« Er blätterte ziellos im Heft. Es roch nach Dachboden, und das Papier fühlte sich mürb an wie die Haut eines dehydrierten alten Menschen.

»Weil es sich um eine Sage handelt. Sagen haben keinen Autor.«

Sie war aufgestanden und kam zu ihm.

»Du meinst, sie entstehen aus sich selbst wie … wie was schon wieder?«

»Ringelwürmer«, sagte sie und nahm ihm das Buch sanft, aber bestimmt aus der Hand. »Vielleicht. Ich würde eher sagen, sie sind nicht wahr oder unwahr, wie es menschliche Gedanken eben sind, sondern so wahr wie das Gras oder wie der Mond. Aber jetzt raus mit dir.«

»Warum?« Er wehrte sich mehr spaßeshalber. »Wenn ich dich bezahle, erzählst du mir dann diese Sage?«

»Eines Tages ja. Noch sind wir nicht so weit.«

»Was heißt denn überhaupt …« Er fasste ihren Arm und bog ihn so, dass er den Titel lesen konnte. »Was heißt *Il lai da las ormas*?«

»Der See der Seelen.«

Unvermittelt küsste sie ihn heftig und leidenschaftslos auf den Mund. Capaul fühlte ihre spröden Lippen. Dann legte sie das Heft zur Seite und führte ihn aus dem Bauwagen.

Sie begleitete ihn den Hang hinab, bis der Spazierweg zu sehen war.

»Findest du zurück?«, fragte sie.

»Ja, natürlich, warum sollte ich nicht?«

Ohne besondere Gedanken oder Gefühle ging er weiter, er vergaß sogar, sich zu verabschieden. Vor allem freute er sich auf die nächste Toilette.

Als er dort saß, war ihm schwindlig, er wäre auch fast eingeschlafen. Doch recht bald erholte er sich und betrachtete die Kritzeleien und Einkerbungen an der Wand des blauen Kunststoffhäuschens, Herzen, Penisse, ein paar Namen. Nachdem er sein Geschäft verrichtet und die Toilette wieder verlassen hatte, las er zudem draußen, mit Schwarz quer über die Tür geschrieben:

Ein neues Kind? Oh, wie viel
neuer Schmutz kam auch zur Welt!
Friedrich Nietzsche

IX

Capaul war schon fast in Bever und fühlte sich weitgehend wieder normal, als Jon Luca anrief.

»Zu Fräulein Nietzsche: Sie stammt wie Alois Hinterholzer aus Erl, ist Jahrgang '80, Geburtsname Silke Hackl. Zeigte früh eine Begabung fürs Theatrale, spielte in verschiedenen Laienproduktionen, bekam nach dem Tod ihrer besten Freundin Helene Kamm Schulprobleme, brach ab und absolvierte in Linz die Schauspielschule. Danach Engagements in Essen und Köln. Heiratete 2011 den Regisseur und Oberspielleiter Carsten Simon, Scheidung 2013, Rückkehr nach Erl, wo sie in einem Passionsspiel mitspielte. Engagements in Berlin und Hamburg, immer unter dem Namen Hackl, nur im Engadin nennt sie sich Simon, offenbar will sie ihre Ruhe. Brauchst du Details?«

»Ja, wie hieß die Freundin noch mal, und woran starb sie?«

»Helene Kamm, es war Suizid.«

Capaul stutzte.

»Wie hat sie sich umgebracht?«

»Steht hier nicht.«

»Macht nichts, ich habe einen Kontakt, den ich fragen kann. Wer hat den Tatort übrigens gereinigt?«

»Du meinst, den Unfallort. So was macht hier der Schulabwart von Bever, Ralf Schatzinger. Er übernimmt auch Bestattungsdienste.«

»Und wo wohnt Fluri?«

»Wer ist Fluri?«

»Der Lokführer, der die Leiche entdeckt hat.«

»Das kann dir ziemlich sicher Ralf sagen. Sonst ruf mich wieder an.«

»Bestens, danke. Ach, und kann ich mit dem Gerichtsmediziner reden?«

Jon Luca zögerte.

»Na schön, ich schicke dir die Nummer. Sag, ich hätte dich gebeten, ihn anzurufen. Hat er Zweifel, ob er dir Auskunft geben darf, soll er auf dem Revier anrufen. Aber heute, da bin ich allein. Nicht dass Linard oder gar Gisler abnehmen.«

Sie hängten auf, gleich darauf kam eine SMS mit den Kontaktdaten eines gewissen »Fritz Marx, Pathologie KS Chur«.

Das erste Mal wurde Capauls Anruf weggedrückt, beim zweiten Mal sagte eine Nuschelstimme: »Ich kenne diese Nummer nicht. Außerdem schnipsle ich gerade.«

»Capaul von der KP Samedan. Ich rufe im Auftrag von Jon Luca Clavadetscher an. Es geht um Alois Hinterholzer.«

»Seit wann habt ihr mit dem Fall zu tun?«

Capaul erlaubte es sich zu flunkern.

»Ich soll den Tatortreiniger befragen, der wohnt in Bever. In dem Zusammenhang stellt sich die Frage, ob der Mann vielleicht schon tot war, als ihn der Zug erfasst hat.«

»Kann ich mir nicht vorstellen«, murmelte Marx, dann sagte er: »Moment.« Etwas raschelte, und er sprach normal weiter: »Das Dumme an den Elektrozigaretten ist, man kann sie nicht einfach in die Nierenschale spucken. Zu Hinterholzer: Nein, er muss noch gelebt haben. Der Oberkörper ist am schlimmsten dran, Unterschenkel und Füße sind dagegen fast heil, er hatte sogar noch die Schuhe an.«

»Das heißt?«

»Das heißt, er hat mit großer Wahrscheinlichkeit gestanden, als der Zug kam. Er wurde aufrecht gegen die Tunnelwand gedrückt.«

»Sonderbar, jeder Tunnelarbeiter weiß eigentlich, dass man sich niederwirft, wenn man vom Zug überrascht wird. Halten Sie es für möglich, dass er sich umgebracht hat?«

»Dafür sind die Verletzungen atypisch. Selbstmörder legen sich entweder aufs Gleis, bevorzugt den Kopf auf der Schiene, oder sie werfen sich frontal vor einen Zug. Der hier sah aus, als wäre er in eine Walze geraten. Sonst noch Fragen?«

»Ja, eine. Was hat er zuletzt gegessen?«

»Ich rieche, rieche Menschenfleisch«, deklamierte Marx, während er wohl zu seinem Computer ging und nachsah. Danach nuschelte er wieder: »Hier haben wir's, Spaghetti carbonara. Mag ich auch sehr gern, höllisch schwer zu kochen. Wenn du mich fragst, ist eine gute Carbonara der Lackmustest per ogni cuoco.«

»Hat Hinterholzers Koch den Lackmustest bestanden?«

Marx lachte kehlig.

»Habe nicht gekostet. Aber wieso fragst du all das? Ist etwas faul?«

»Wohl kaum«, sagte Capaul und hängte auf.

Als er zum Sportplatz des Schulhauses von Bever kam, stand Laura auf dem Feld, Robin feuerte sie von der Ersatzbank aus an. Capaul winkte vom anderen Spielfeldrand, bis er zu ihm hersah, und führte ihm sein erstes Kunststück mit dem Fidget Spinner vor, einen Wechsel des drehenden Teils vom Mittel- auf den Zeigefinger. Robin grinste kurz und widmete sich wieder dem Spiel.

Capaul dagegen betrat das Schulhaus, um Ralf Schatzinger zu finden. Die Hauswartwohnung war im oberen Stock, offensichtlich hatte er Schatzinger aus seinem Mittagschlaf geklingelt. Es dauerte, bis er an die Tür kam, und er rieb sich das Gesicht, als hätte er Mühe, wach zu werden. Schatzinger war blass und schmächtig, hatte aber einen kräftigen Händedruck.

»Störe ich?«

»Gar nicht, ich habe letzte Nacht nur nicht viel geschlafen.«

»Albträume, ja? Ich auch. Was Sie sich haben ansehen müssen, ist auch nicht leicht zu verdauen.«

Schatzinger schüttelte den Kopf. »Unser Baby zahnt, der Mittlere ist erkältet, meine Frau auch. Die Kleine schreit alle halbe Stunde, die beiden anderen schnarchen um die Wette. Haben Sie Kinder?«

»Nein, nur Fragen. Ich bin bei der Polizei. Sie haben nach Alois Hinterholzers Tod im Tunnel geputzt. Leider muss ich genauer wissen, wie es dort aussah: War da ein klar umrissener Fleck, oder hat sich das Blut über eine längere Strecke der Wand entlang verteilt? Und wo befanden sich seine Kleider?«

»Es war ein ziemliches Geschmiere über etwa zehn Meter. Die Kleider waren überall, ich habe noch in Spinas Fetzen gefunden.«

»Waren die irgendwie zuzuordnen? Ich meine, können Sie sagen, was der Tote getragen hat?«

Schatzinger überlegte kurz. »Hemd und Hose, dazu eine Jacke und eine Mütze.«

»Keinen Helm, auch keine Sicherheitsweste?«

»Nein.«

»Wie sah das Hemd aus? War es noch ganz, oder waren überall kleine Fetzen?«

»Es war tüchtig zerfetzt, aber das meiste hing noch irgendwie zusammen. Ich nehme das jeweils mit einem Greifer auf und weiß noch, dass ich ein paarmal nachfassen musste.«

»War da nicht vielleicht ein zweites Hemd?«

»Das Unterhemd? Doch.«

»Nein, ich meinte schon ein Oberhemd.«

Schatzinger schob die Augenbrauen hoch. »Warum sollte da ein zweites Hemd gewesen sein?«

»Ich frage nur. Im Arbeiterwohnheim wird eines vermisst. Andere Frage: Gab es irgendwelche Hinweise, wieso Hinterholzer überhaupt im Tunnel war?«

»Nein, aber ich nehme stark an, er wollte zu diesem Fräulein Nietzsche. Sie hatte öfter Besuch von drüben, und der Weg durch den Tunnel ist nun mal der kürzeste.«

»Woher wissen Sie, dass sie öfter Besuch hatte?«

Schatzinger hob die Schultern. »Mit den Kindern sind wir viel im Wald. Außerdem putze ich auch beim Schießstand, und wenn ich am Waldrand das Blei aus dem Kugelfang räume, höre ich manchmal etwas.«

»Manchmal? Wie oft räumt man denn den Kugelfang aus?«

»Oh, nach jedem Schießen. Es wäre nicht gut, wenn ein Tier Blei fressen würde.«

»Und was haben Sie gehört?«

»Einmal haben sie sehr schön gesungen. Etwas Frommes, denke ich.«

»Und woher wissen Sie, dass es Mineure waren?«

»Das habe ich nicht gesagt, aber sie haben tirolerisch geredet.«

»Ach, sie haben auch geredet? Worüber?«

Die Fragerei schien Schatzinger allmählich auf den Geist zu gehen. »Keine Ahnung, geht mich auch nichts an.«

»Aber haben Sie vielleicht Namen gehört? Loisl? Toni?«

»Kann sein, kann nicht sein.« Er sah auf die Uhr.

»Haben Sie es eilig?«, fragte Capaul.

»Nein. Das heißt, wenn die Kinder fertig sind, muss ich aufräumen, aber das ist nicht vor vier.«

»Könnten Sie mir die Stelle zeigen, wo es passiert ist?«

»Nur wenn Rufus Zeit hat. Allein darf ich nicht in den Tunnel.«

»Wer ist Rufus?«

»Der Streckenwärter.«

»Der war auch dabei, als Sie geputzt haben?«

»Ja, natürlich«, sagte Schatzinger. »Ich rufe ihn mal eben an.«

Er ging in die Wohnung. Als er zurückkam, hatte er schon die Jacke an.

»Er ist seit Sonntag krankgemeldet, aber er kommt.«

Rufus war ein krummes Männlein mit wucherndem Haarkranz und Ohrenschmalz. Er holte sie mit einem alten vw-Käfer vor dem Schuleingang ab und fuhr bis zum Bahnhof Spinas. Dort gab er ihnen Helm, Weste und ein

Notset mit Atemmaske. »Ein sogenannter Selbstretter, für den Fall, dass es im Tunnel mal brennt«, sagte er. »Hat einen Schnorchel, und man atmet die ausgestoßene Atemluft in regenerierter Form wieder ein. Hält etwa dreißig Minuten in der Brandluft.« Dann knipste er die LED-Handlampe an, meldete übers Handy in Landquart, dass er den Tunnel betrat, und ging durch die Tunnelpforte voraus. Es war feucht, roch nach Bremsstaub, und an verschiedenen Stellen drückte Wasser durch Decke und Wände.

Sie liefen nicht neben dem Gleis her, sondern direkt auf den Schwellen. Rufus erzählte so einiges, von dem er wohl annahm, dass es Capaul interessierte, von den sechzig Zentimetern Schrittweite, die sich ihm so eingebrannt hatten, dass er auch sonst tippelte wie eine Gans, vom Wachsen der Eiszapfen bei abnehmendem Mond und den Füchsen, denen er begegnete.

Ab und zu rief Ralf dazwischen: »Hier lag ein Taschenmesser«, oder: »Hier war etwas wie ein Finger, es kann aber auch eine aufgeweichte Zigarette gewesen sein. Man sieht nicht immer so genau hin.«

Schließlich hörte Rufus auf zu erzählen.

»Bis jetzt lag immer alles auf der Seite, wo auch die Nischen sind«, stellte Capaul fest. »Oder täusche ich mich?«

Ralf nickte. »Nicht alles, aber das meiste. Und was links war, das kann ein Tier verschleppt haben.«

»Ach ja, die Füchse.«

Dann suchten sie eine Nische auf, Rufus stöpselte ein altes Handtelefon in eine Buchse in der Wand und sorgte dafür, dass Landquart einem Güterzug freie Fahrt gab. Der toste gleich darauf vorbei.

Rufus schrie Capaul ins Ohr: »Tempo achtzig«, und winkte dem Lokführer mit der Lampe.

»Ich dachte, im Tunnel verwendet ihr Karbidlampen«, bemerkte Capaul, als sie weitergingen.

»Diese LEDs sind ganz praktisch«, antwortete Rufus. »Die Karbidlampe wurde manchmal vom Fahrtwind ausgelöscht; außerdem sollen sie gefährlich sein, zumindest in geschlossenen Räumen. Deshalb wurden sie gleich alle abgeschafft.«

»Wegen der Explosionsgefahr?«

»Nicht nur. Wenn das Gas nicht sauber verbrennt, wirkt es wie eine Narkose, man wird ganz belämmert.«

»Ach«, rief Capaul. »Macht es vielleicht auch fröhlich? Muss man lachen?«

»Keine Ahnung, mir ist das nie passiert«, sagte Rufus. »Und jetzt ist mir sowieso nicht nach Lachen.«

Sie erreichten die Stelle, an der die Leiche gelegen hatte, dann die, an der Alois Hinterholzer vom Zug erfasst worden war. Ralf nahm Rufus die Lampe ab, um die Tunnelwand anzustrahlen. Der Hochdruckreiniger hatte ganze Arbeit geleistet. Selbst die Röhren an der Wand sahen aus wie neu verlegt.

»Nichts zu sehen«, stellte Capaul fest.

»Hoffentlich, sonst hätte ich meinen Job nicht ordentlich gemacht.« Ralf leuchtete auch den Boden an. »Wie geleckt«, stellte er zufrieden fest und reichte die Handlampe Capaul weiter. »Willst du dich noch umsehen?« Sie waren jetzt per du.

»Ich fürchte, es gibt nicht mehr viel zu sehen«, sagte Capaul und ließ den Lichtkegel kurz schweifen. Etwas weiter hinten im Tunnel gähnte ein Loch. »Ist das einer dieser Querabschläge?«

»Ja, da geht es zum neuen Tunnel.«

Capaul dachte nach. »Erinnere ich richtig, dass nach jeder Sprengung jemand von drüben herkommt und kontrolliert, dass hier nichts kaputtgegangen ist?«

»Das muss schon sein«, sagte Rufus. »Der alte Tunnel ist so spröde, und das Wasser drückt, da löst sich schnell ein Stein. Und der kann ausreichen, dass ein Zug entgleist.«

»Und nachts wird doch auch gesprengt«, überlegte Capaul weiter. »Also müsste auch nachts kontrolliert werden. Wieso hat man dann die Leiche erst am nächsten Morgen entdeckt?«

»Es gibt keine Sprengungen mehr«, sagte Ralf. »Seit Mitte letzter Woche sind sie durch den Berg, der Albula ist ein zweites Mal besiegt. Offiziell ist der Durchstich erst morgen, aber das ist ein Witz, das Loch war schon da, sie haben es wieder zugemauert. Die letzten Tage gingen dafür drauf, das Wasser abzupumpen und einen Weg zu kiesen, damit die Prominenz keine nassen Füße bekommt. Toilettenhäuschen wurden aufgestellt und eine Bühne für die Reden … Morgen ist Showtime.«

Das hätte Capaul gern gesehen. »Darf man die benutzen?«, fragte er und zeigte auf die Brandschutztür.

Doch Rufus meldete sich wieder.

»Ich bin nicht zum Spaß krankgeschrieben. Ich muss zurück, mir geht es nicht besonders.«

Er nahm die Lampe wieder an sich und ging voraus.

»Danke, dass du trotzdem gekommen bist«, sagte Capaul. »Ich hoffe, es ist nichts Schlimmes.«

»Er hat Depressionen«, murmelte Ralf.

»Wegen dieser Geschichte?«, fragte Capaul, bekam aber keine Antwort.

Schweigend tippelten sie in Sechzig-Zentimeter-Schritten durch den Tunnel.

Erst als sie das Licht der Tunnelpforte in Spinas sahen, versuchte Capaul zu trösten: »Wir wissen gar nicht, was drüben ist. Vielleicht ist es ja ein Glück zu sterben.«

Ralf zog ihn am Ärmel zurück und ließ Rufus etwas ziehen.

Leise sagte er: »Seine Frau hat sich in Cazis vor den Zug geworfen. Das ist zwanzig Jahre her, aber er kommt davon nicht los. Nicht von der Bahn und nicht von dieser Geschichte.«

»Ach so«, sagte Capaul, »jetzt verstehe ich.«

In Spinas bezwang Capaul den Drang, gleich weiter zu Silke zu gehen, obwohl er zu gern von ihr erfahren hätte, was sie mit Alois und Toni verband. Doch Ralf hatte angeboten, ihm die Telefonnummer des Pfarramts Erl herauszusuchen. Und da Capauls altmodisches Nokia kaum noch Guthaben hatte, ließ Ralf ihn den Festnetzanschluss der Schule benutzen.

Eine Frau Gutleben nahm ab.

»Ich suche Ihren Seelsorger«, sagte Capaul, »ist er schon aus der Schweiz zurück?«

»Ich wüsste nicht, dass Pfarrer Gruber in der Schweiz war«, sagte sie. »Sie erreichen ihn auf dem Mobiltelefon.«

»Ich meine den Laienseelsorger Hans Rupprechter.«

Kurz war es still. »Unsere Pfarre beschäftigt keinen Laienseelsorger. Herr Rupprechter ist uns bekannt, doch er agiert auf eigene Faust.«

»Oh, wie soll ich …?«

Sie fiel Capaul ins Wort.

»Kann Pfarrer Gruber Sie zurückrufen?«

»Natürlich, gern.«

Capaul gab ihr seine Handynummer, verließ das Schulhaus und spazierte den Sportplatz entlang. Gern hätte er mit Robin und Laura geplaudert, doch das Turnier war vorbei, Ralf sammelte gerade mit dem Greifer den Abfall ein.

Und schon rief auch Pfarrer Gruber an.

»Geht es um einen Trauerfall?«

»Ja, um Alois Hinterholzer.«

»Oh, der Loisl. Ein furchtbarer Unfall, die Gemeinde ist erschüttert. Aber was verbindet Sie mit ihm?«

»Ich ermittle für die Polizei.«

»Wegen dem Rupprechter?«

Capaul stutzte.

»Nein, gäbe es da etwas zu ermitteln?«

»Um Himmels willen, nein, nicht dass ich wüsste. Aber wieso dann?«

»Die Todesumstände sind ganz einfach nicht restlos geklärt. Darf ich fragen, ob Sie eine Silke Hackl kennen?«

»Sili, ja, natürlich, sie war der Stern unseres Passionsspiels 2013. Sie war Maria Magdalena. Was für ein Glücksfall, dass sie gerade eine Auszeit gemacht hat und heimgekehrt war, sie ist ja eine gefragte Schauspielerin. Eigentlich spielen bei uns nur Laien. Aber sie hat ja schon als kleines Mädchen mitgemacht. Kennen Sie die Erler Passionsspiele?«

»Nein?«

»Müssten Sie aber. Uns gibt es seit 1613, wir sind die ältesten überhaupt.«

»Glückwunsch. Hat Alois auch mitgespielt?«

»Ja, sicher, bei uns spielt alles mit, was kreucht und fleucht. Nur als was schon wieder? Steht übrigens im Internet.«

»Ich habe nur gerade keine Verbindung.«

»Macht nichts, ich hab's schon fast. Da, richtig, er war einer der Apostel.«

»Und Toni Brack?«

»Der auch. Sie spielten beide den Johannes, Doppelbesetzung.«

»Die müssen da noch sehr jung gewesen sein, vielleicht zwanzig?«

»Das passt schon, Johannes war das Küken unter den Aposteln. Oh ja, sie hatten dieses wunderbare Duo, Maria Magdalena und Johannes.«

Er sang laut und wohltönend in den Hörer:

»Es ist ein Weinen in der Welt
Als ob der liebe Gott gestorben wär.«

Damit verabschiedete er sich auch.

X

Capaul besorgte sich im Volg eine Schale Fertigsalat und Sandwiches, damit zog er sich ins Zimmer zurück und notierte so einiges. Denn allmählich häuften sich die Fakten, und er wollte nicht die Übersicht verlieren. Wenn vor dem Fenster ein Zug vorbeifuhr, freute er sich und sah kurz hinaus, aber jedes Mal ertappte er sich auch dabei, dass er die Radpartie der Wagen nach Blut und Leichenteilen absuchte.

Kurz vor Ladenschluss brach er ab, gönnte sich im Volg eine Tafel Schokolade und zwei Cremeschnitten zum halben Preis, die er gleich aufaß. Dann nahm er das Auto und fuhr übersättigt zu den Bähnlern ins CVJM-Heim.

Er hätte besser gehungert. Diesmal wurde regelrecht getafelt: Salade niçoise, scharf angebratenes Steak und Crêpes Suzette. Einer der Romands war, wie er erfuhr, Sterne-Koch irgendwo am Genfersee. Capaul sah ihnen beim Essen zu. Diskutiert wurde über den neuen Coop-Zug, den nicht alle so gelungen fanden, danach allgemein über die Verwendung von Lokomotiven respektive Wagenkompositionen als Werbeträger. Gleichzeitig monologisierte Richi über den Lawinenwinter '51, zählte diverse Unglücksfälle und Pannen auf, alle ausführlich mit Zahlen und Fakten untermauert, und konnte sich nicht genug darin wiederholen, wie beispielhaft die RhB die harte Zeit gemeistert habe.

Als endlich das offizielle Programm begann, war Capaul schon ziemlich müde und beschloss, an die frische Luft zu gehen. Dabei warf er einen Blick durch die Fenster von Haus Ot, in der Hoffnung, Robin und Laura zu begegnen. Doch er sah nur Helferinnen, die fürs Frühstück deckten.

Er musste sich überwinden, zur Gruppe zurückzukehren, viel lieber wäre er früh schlafen gegangen. Doch so ganz ohne Gruß wollte er sich auch nicht verdrücken. Und es lohnte sich: Der Götti verteilte gerade die Ausweise für die Durchstichfeier, die auf morgen um zehn Uhr früh in Preda angesetzt war. Offenbar hatte man sich schon vor Wochen anmelden müssen, und alle, die das getan hatten, wurden nun einzeln aufgerufen, um die schön gedruckte Plastikkarte entgegenzunehmen und den Empfang zu quittieren.

Auch der Hotzenplotz stand auf der Liste, doch er tauchte nicht auf, als der Götti ihn aufrief, weder bei »M« noch zum Schluss, als der Götti nach Zweifel und Zwyssig nochmals nach ihm fragte.

»Ich kann sie ihm bringen«, schlug Capaul vor. »Wir wohnen ja zusammen. Und rutsche ich nicht auch noch irgendwie mit rein?«

Das war leider unmöglich.

Der Götti erklärte: »Mehr als dreihundert Leute, hat man mir gesagt, fasst der Zug in den Tunnel nicht. Aus Sicherheitsgründen braucht jeder einen Sitzplatz. Und für zwei Kompositionen ist das Zeitfenster zu kurz, der offizielle Fahrplan muss natürlich eingehalten werden. Wir haben selbst nicht alle Platz. Aber die RhB lässt sich morgen echt nicht lumpen, es gibt einen geführten Schulwandertag mit Tombola und Glaceparty am Zielort Bergün, Sonderfahrten und eine Fotowanderung, für die sie, wie es heißt, Dampflok ›Heidi‹ aus dem Depot holen. Unsere Überzähligen gehen alle auf diese Wanderung, schließ dich doch an.«

»Ich habe nicht einmal einen Fotoapparat«, gestand Capaul. »Aber dann gehe ich jetzt. Nicht dass Peter Moor schon im Bett ist, wenn ich komme.«

Der war jedoch auch nicht in der Pension, oder Capaul fand ihn nicht. In der Lounge stand ein Tischfußballkasten, an dem spielte er gegen sich selbst.

So wartete er bis Mitternacht, ob er noch kam, dann ging er schlafen.

Er war gerade eingeschlafen, da hörte er den Hotzenplotz rumoren. Nun mochte er aber nicht mehr aufstehen.

Am anderen Tag weckte ihn der erste Güterzug, da war es draußen noch dunkel. Danach dämmerte er nur noch vor sich hin. Er war überzeugt, dass er hören würde, wenn Peter Moor duschte. Doch als er aufstand und das Zimmer verließ, war der offenbar schon wieder fort – oder Capaul hatte sich nachts verhört. Er klopfte immer wieder reihum an allen Türen, weil er es für möglich hielt, dass der Hotzenplotz das Zimmer gewechselt hatte, bis vor dem Haus der 08:16 ab Samedan durchfuhr. Auf den, wusste er, hatten die Bähnler sich verabredet, damit sie im Hotel Preda Kulm noch vorfeiern konnten, und er fand, damit habe er dem Moor gegenüber seine Schuldigkeit getan.

»Pech gehabt, dann gehe ich selber«, feixte er. Und damit er ihm nicht doch noch begegnete, nahm er nicht den 09:16 ab Samedan, mit dem er immer noch früh dran gewesen wäre, sondern das Auto.

Die Strecke über den Albulapass war herrlich – nicht nur, weil er die schmale, eng gewundene Straße ganz für sich hatte. Die ersten Lärchen färbten sich golden, darüber war die Landschaft karg und rau, und mit großer Freude sah er, dass die Kühe hier noch ihre Hörner hatten. Nach jeder Kurve wurde die Aussicht nochmals schöner, und zu gern hätte er angehalten. Doch er fürchtete, die Feier zu verpassen.

Immerhin war es schon nach neun, als er die Passhöhe mit dem Albulahospiz erreichte. Ein Schild bot Zimmer ab dreißig Franken an, das wollte er sich merken. Es wimmelte von Schülern mit roten Käppis, offenbar war hier ein Treffpunkt für die RhB-Wanderung. Er fuhr langsam, in der Hoffnung, vielleicht Robin oder Laura zu entdecken, allerdings vergeblich. Dafür war ihm, als sitze der Hotzenplotz auf der Böschung hinterm Busparkplatz, seine gewaltige Kamera im Anschlag. Er war ganz froh, dass er wieder aufs Gas drücken konnte, weil hinter ihm ein Kleinlaster hupte. Es gab jetzt deutlich mehr Verkehr.

Die Strecke den Nordhang hinab nach Preda war noch schöner. Er fuhr an mit Flechten bunt bewachsenen Felstrümmern vorbei, einer Weide, gut bestückt mit rabenschwarzen Kühen, und vor allem einer weichen Senke mit tiefgrünen Teichen ohne Zufluss, ohne Abfluss. Hier musste es sein, wo sich das Regenwasser sammelte und in die Tiefen des Gesteins eindrang. Die Reinheit und Zartheit der Landschaft wurde noch hervorgehoben durch leuchtend weiße Hochspannungskabel, die sich so entschieden und rücksichtslos quer durch alles zogen, als wäre jemandem die Vollkommenheit des Orts unerträglich geworden und er sähe keinen anderen Ausweg, als sie gleich sechsfach kräftig durchzustreichen.

Dabei fiel ihm das Lied wieder ein, das der Erler Pfarrer gesungen hatte: *Es ist ein Weinen in der Welt …* Es hatte das Zeug zum Ohrwurm, er trällerte es, bis er unten im Tal die gelb leuchtenden Förderbänder von Preda entdeckte. Flüchtig sah er hinter einer Sicherheitsabschrankung am Straßenrand einen weiteren Bergsee, doch er fuhr zu zügig, um ihm einen zweiten Blick zu schenken. Und dann erreichte er auch schon Preda, pünktlich um Viertel vor zehn, parkte beim Hotel und spazierte zum Bahnhof.

Dort wartete schon eine große Menschenmenge. Jemand drückte ihm ein Schlüsselband der RhB mit kleinem Karabinerhaken in die Hand, damit er den Ausweis gut sichtbar umhängen konnte, außerdem musste er einmal mehr Helm und Weste fassen.

»Es dauert noch etwas, Herr Moor, dort hinten gibt es Snacks«, sagte die Dame, die sie aushändigte, und nachdem Capaul sich zu Salzstangen und Mineralwasser durchgekämpft hatte, stand da auch schon seine Bähnler-Clique.

Sie lachten schallend, als sie das Namensschild an seinem Hals sahen.

»Hast du den Moor etwa umgelegt?«, fragte der Götti.

Und Hermi kalauerte: »Manche gehen über Leichen, um den Durchstich mitzuerleben.«

»Ich kann nichts dafür, er kam heute Nacht nicht in die Pension«, behauptete Capaul und schob den Helm tiefer ins Gesicht, damit sie nicht sahen, wie er rot wurde.

Dann lenkte ein Sprecher der RhB die Aufmerksamkeit auf die Laderampe des Bahnhofschuppens. Dort hatte sich die »Musikgroßformation Bergün-Filisur«

aufgestellt, ein gutes Dutzend Holz- und Blechbläser, und spielte Märsche, bis der Extrazug einfuhr, der die Geladenen in den alten Tunnel brachte.

Die Fahrt war kurz, nach zwei oder drei Minuten hielten sie mitten im Tunnel, wurden gebeten auszusteigen und zum nächsten Querabschlag geleitet, Capaul glaubte die Stelle wiederzuerkennen. Wie Ralf angekündigt hatte, war der Weg zum Ort des Spektakels gut geschottert, bunte Scheinwerfer sorgten für Stimmung, und auch eine mobile Toilette fehlte nicht.

Der neue Tunnel war deutlich geräumiger als der alte. Eine fassdicke Luftföhre lief die Decke entlang, ein Bächlein säumte den Pfad, darüber hing ein Kabelgewirr. Nach kurzem Fußmarsch erreichten sie das Ende des Stollens, dort war eine Bühne errichtet, geschmückt mit Blumen und Werbebannern. Hinter einer Abschrankung wartete ein Bagger mit Abspitzvorrichtung, zwei Bildschirme und eine Großleinwand standen bereit, um das Jahrhundertereignis zu übertragen. Noch spielte die Musik Bergün-Filisur, diesmal in Kleinformation, die als Letzte auf den Zug aufgesprungen war, Tuba, Posaune, zwei Trompeten und der Kapellmeister, ein Mann mit würdevollem Bart.

Richi stellte sich neben Capaul und sagte: »Heute wird Geschichte geschrieben. Hast du auch Gänsehaut?«

»Ich muss gestehen, ich hatte mir alles viel pompöser vorgestellt.«

»Bähnler sind eben bescheidene Leute. Es ist die Sache, die zählt.«

Inzwischen hatten die Reden begonnen. Verschiedene wichtige Menschen begrüßten andere wichtige Menschen, manche erhielten Nusstorten. Gewisse Sätze fielen immer wieder: »Der Berg hat seine Überraschungen parat.« – »Es ist noch jeder Tunnel fertig geworden.« Und natürlich: »Glück auf.«

Als Letzter trat der Verwaltungsratspräsident der RhB Aegidius Stöckli ans Rednerpult. Nachdem er den Mineuren, Sprengmeistern, Maschinisten, Bauführern, Elektrikern und Bauleitern für drei Jahre munteres Vortreiben gedankt, abermals die fünfhundert Tage unfallfreies Bauen hervorgehoben und mit einer Schweigeminute der Opfer gedacht hatte – die Pause nutzte der Kameramann, um das Werbeplakat für den Berninaexpress effektvoller zu positionieren –, schien es endlich zur Sache zu gehen.

In einer Reihe auf die Leinwand projizierter Bilder passierte der gesamte Bauprozess nochmals Revue: von der Zustandserhebung, der Planungsgenehmigung und den Erkundungsbohrungen über den ersten Spatenstich, das Erstellen der Installationsplätze und die Anschlagsfeier bis hin zum unbestrittenen Meisterstück der Tunnelbaukunst, dem Sieg über die Raibler-Rauwacke. Dann spielte die Combo einen Tusch, und es erschien die letzte Einblendung: »12. September – DER DURCHSTICH!«

Der aber weiter auf sich warten ließ.

Denn nun bat Pfarrer Bäbler, der Talpfarrer, zum Gottesdienst, erteilte der Überwindung von Gottes Werk durch den Menschen seinen Segen und erzählte von der heiligen Barbara, die als Statue vor ihm stand. Nachdem er verkündet hatte: »Nun singen wir alle gemeinsam ›Großer Gott, wir loben dich‹«, gab ein Trompeter der Musik Bergün-Filisur den Ton an, und die Menge sang sehr diszipliniert. Nur Pfarrer Bäbler sang nicht mit, sondern versuchte heimlich eine Nachricht auf dem Handy zu lesen. Weil die Kamera ihn dabei filmte, gab es allgemeines Gelächter.

Und plötzlich ging alles ganz schnell: Über Lautsprecher animiert, zählte die Menge die letzten Sekunden ab, und der Bagger nahm die Arbeit auf. Auch von Spinas her war ein Pressluftbohrer zu hören. Der Fels erwies sich als zäh, die Null war längst abgezählt und das Loch noch immer mickrig. Capaul, der schon länger an den Füßen fror, blickte gelangweilt hinter sich und sah gerade noch, wie der Pfarrer im Laufschritt fortgeführt wurde. Die Hilfsmannschaft baute eilig Banner und Tische wieder ab – zwei davon hatte sie gerade erst errichtet, um eine Gedenkmünze zu verteilen. Das alles sah nach Evakuation aus.

Inzwischen hatte die Mannschaft aus Spinas sich durch das Loch gezwängt und wurde mit Konfetti und Champagner empfangen. Ein eiliges Gruppenfoto wurde geschossen, dann kam die Ansage über Lautsprecher: »Bitte alle wieder in den Zug, der zweite Teil der Feier findet in Spinas statt. Tempo bitte, der Zug steht bereit und blockiert die Strecke.«

Capaul hob eine heruntergefallene Gedenkmünze auf und ging wie alle zum Querabschlag zurück. Dort hatten die Mineure einen eigenen Stand aufgebaut, an dem sie gegen eine Spende für Loisls Familie Fläschlein mit Marillenschnaps verschenkten. Ein Mann mit Funkgerät drängte sie allerdings, ihn abzubauen.

»Dea Goschate kuma d' Schuach aufblosen!«, rief ein Mineur, schnappte sich einen Karton voll und wollte ihn partout noch unter die Leute bringen. Seine Kumpels hielten ihn zurück, und es gab eine Rangelei.

Der mit dem Funkgerät war bereits weitergegangen, der Pforte zum alten Tunnel zu, Capaul eilte ihm nach und hielt ihn zurück.

»Ich bin Polizist, drüben im Engadin. Kann ich helfen?« Dann erst erkannte er Linard. »Das gibt's ja nicht, du bist auch hier?«

»Wartet noch«, befahl Linard per Funk, dann sagte er zu Capaul: »Quatsch nicht. Im neuen Tunnel fünfzig Meter links halten, dort wartet ein Fahrzeug. Ich sorge dafür, dass man dich zur Unfallstelle bringt.«

»Was für ein Unfall?«

Doch Linard hetzte nur: »Renn, renn, renn!«, und stieß ihn zurück, dann rief er in die Menge: »Nicht bummeln, wir sind spät dran. Einsteigen und durchgehen. Belegt alle Sitzplätze, und behaltet die Helme auf.«

Capaul eilte durch den Querabschlag zurück in den neuen Tunnel. Zum Durchstich waren sie nach rechts geleitet worden, links war daher kein Schotter gestreut, und prompt trat er in eine Pfütze. Hinter einer Abschrankung wartete ein vw-Bus mit laufendem Motor. Darin saßen einige der Herren, die zuvor Reden geschwungen hatten, und hinterm Steuer ein uniformierter Polizist.

»Capaul, Kantonspolizei Samedan«, sagte er, als er zustieg.

Der Fahrer gab Gas.

»Ich weiß, der Suspendierte.«

»Was ist passiert? Wo ist der Pfarrer?«

»Schon draußen. Es gab einen Unfall auf der Bahnstrecke unterhalb von Preda. Vermutlich besteht kein Zusammenhang, aber wir wollten nichts riskieren.«

Danach wurde das Sprechen schwierig. Die Strecke

holperte, der Polizist fuhr nicht zimperlich. Sie klammerten sich an Griffen und Lehnen fest.

In Preda stiegen die VIP in einen Mercedes um und wurden vollends aus der Gefahrenzone chauffiert.

Der Polizist sagte: »Ich bin Andri, setz dich nach vorn«, und Capaul wechselte auf den Beifahrersitz. Dann fuhren sie weiter.

Hinter Preda lag eine der berühmtesten Strecken der Rhätischen Bahn. Mehrere staksige, aus Naturstein gemauerte Eisenbahnviadukte kreuzten das steile, zerklüftete Tal, durch das ein schmales Bächlein plätscherte. Der Anblick erinnerte an eine frisch genähte Wunde: Die schwarzen Tunnellöcher in den Bergflanken glichen den von Jod verfärbten Einstichstellen der Naht, die Kehrtunnels waren quasi die gekrümmten Löcher, welche die Chirurgennadel in die Haut stieß, um den Faden durchzuziehen.

Andri fuhr wie der Henker durch zwei Haarnadelkurven, dann war das Unglück offensichtlich. Auf dem höchsten Viadukt stand ein Zug. Gerade stiegen die Reisenden aus, gingen, geleitet von Menschen in Signalwesten, im Gänsemarsch den Schienen entlang zurück und verschwanden in einem Waldstück. Jemand kletterte auf den Zug, der Lokführer sah untätig zu. Ein zweiter Schauplatz lag unterhalb des Viadukts: Mehrere Leute, teils in Weiß, teils in Signalwesten, standen im Bach und errichteten dort ein Bergungszelt. Ein Krankenwagen wartete einige Meter oberhalb, dort weitete sich die Passstraße zu einem Kehrplatz, ein zweiter fuhr taleinwärts, mit Blaulicht und Martinshorn. Der dritte Schauplatz war eine Feuerstelle vielleicht fünfzig Meter oberhalb des mutmaßlichen Leichenfunds. Dort versammelten sich gegen hundert Menschen, darunter viele Jugendliche und Kinder, auch sie wurden von Signalwesten betreut.

»Wie viele Tote?«, fragte Capaul, während Andri parkte.

»Nur einer. Ein paar von denen, die zugesehen haben, wie die Person sprang oder fiel, könnten außerdem einen Schock erlitten haben. Du wirst uns bei den Befragungen helfen. Damit deine Notizen uns nachher nützen, vorab eine kurze Info: Das Viadukt heißt Albulaviadukt III, die Strecke, aus welcher der Zug kam, ist der Toua-Tunnel, die Strecke, die noch vor ihm liegt, heißt Maliera-Galerie. Sie mündet nach oben ins Albulaviadukt II.«

»Galerie und Tunnel kann ich mir auf alle Fälle merken«, sagte Capaul. »Aber sag, lebt der Mann, der da auf dem Zug herumturnt, nicht gefährlich? In der Leitung fließen, soviel ich weiß, elftausend Volt, die könnten überspringen.«

Andri warf ihm einen mitleidigen Blick zu.

»Natürlich haben wir erst den Hahn zugedreht. Sobald die Festgesellschaft heil in Spinas angekommen war. Das ist Mike, Spurensicherung.«

Capaul erhielt Block und Stift und stieg aus.

Andri erklärte: »Du nimmst die Leute auf dem Picknickplatz, ich die Zugreisenden. Wenn du fertig bist, rufst du mich an.«

Er notierte die Nummer auf den Block und ließ sich auch Capauls geben.

»Die Leute mit den Westen, sind das alles Polizisten?«, erkundigte sich Capaul.

»Schön wär's. Wir haben alle verfügbaren Bahnangestellten rekrutiert und zu Polizeiassistenten befördert. Jetzt aber los, bevor die Zeugen zu lang miteinander quatschen. Sie vergessen jeweils sehr schnell, was sie wirklich gesehen haben.«

Andri schlug Capaul noch kräftig auf die Schulter, dann rannte er mit federnden Schritten davon.

XI

Capaul stieg die Böschung hinab. Da er sowieso schon nasse Schuhe hatte, ging er kurz bei der Bergungsmannschaft im Bach vorbei. Inzwischen war das Bachbett rund um das Zelt großräumig abgeschirmt.

»Ich bin Polizist, darf ich reinschauen?«

»Nein«, sagte eine Ambulanzfahrerin, die vor der einzigen Lücke stand und rauchte. »Die Spurensicherung war noch nicht da. Ich habe strikte Anweisung, nichts anzufassen und keinen reinzulassen.«

»Mann oder Frau?«, fragte Capaul.

»Eher ein Mann, aber die Leiche liegt auf dem Gesicht. Und das ist vermutlich auch nicht mehr erkennbar.«

Capaul kehrte ans Ufer zurück und versuchte, einen Blick auf die Unfallstelle zu erhaschen. Er hätte gern gesehen, ob noch Blut floss, doch ein Viaduktpfeiler stand ihm im Weg, und für Umwege war keine Zeit.

Der kleine Picknickplatz lag direkt am Wasser. Zur Wiese und zum Wald hin war er eingezäunt, mit einer Art Viehzaun aus rohen Planken. Capaul stieg hinauf und verschaffte sich einen Überblick. Die meisten waren wieder Schüler, offenbar verschiedene Klassen, die voneinander deutlich Abstand hielten, dann waren da eine Seniorenwandergruppe und ein Trupp Frauen, der vermutlich Nordic Walking machte. Auf dem Grill der verwaisten Feuerstelle verkohlten Würste, für die sich nur ein Spitz interessierte, aber er traute sich nicht nah genug heran.

»Bitte herhören«, rief er, »ich bin von der Polizei und werde Sie alle befragen. Wir werden uns beeilen, damit Sie möglichst schnell weiterwandern können. Braucht jemand medizinische Hilfe?«

Das schien nicht der Fall zu sein.

»Bitte erfassen Sie alle Personalien, und fotografieren Sie sie«, wandte er sich ans Assistenzpersonal. »Am besten halten die Leute den Personalausweis neben den Kopf, dann können wir sie später zweifelsfrei zuordnen. Ich brauche von jedem den Namen, den Wohnort, den momentanen Aufenthaltsort und die Handynummer. Ich schlage vor, Sie erledigen das alles am hinteren Tisch, ich nehme für die Befragungen den vorderen. Und erinnern Sie die Leute daran zu trinken, das Ganze dürfte eine Weile dauern.«

Die Seniorengruppe scharte sich bereits um seinen Tisch, also begann er mit ihr.

»Könnten Sie bitte das eine Tischende frei machen und etwas Abstand wahren«, bat er. »Und nun eine Person bitte zu mir.« Ein fröhlicher Glatzkopf mit neonfarbener Sonnenbrille setzte sich ihm gegenüber. »Als Erstes Ihren Namen bitte.«

»Gertsch, August. Wir hatten uns schon gewundert, dass der Zug anhält, mitten auf der Brücke. Dann geht das Fenster auf, und dieser Junge springt raus. Erst dachten wir, es ist ein Bungee-Jumper oder so, etwas für die Touristen. Die Randgebiete müssen sich ja heutzutage immer mehr einfallen lassen.«

»Aber das stimmt doch nicht, Gusti«, sprach eine Frau mit violettem Haar und sonnenverbranntem Nasenrücken dazwischen. »Wir hatten uns geeinigt, dass er hochklettern wollte und gefallen ist.«

»Ich habe mich darauf nie geeinigt, das war dein und Susis …«

Inzwischen scharte sich die ganze Gruppe eng um Capauls Tischende, und alle redeten durcheinander.

»Überhaupt waren es zwei, da war noch dieser Schwarzgekleidete.«

»Nein, du meinst den Lokführer, der ist erst später ausgestiegen. Wahrscheinlich hat er im Rückspiegel etwas runterflattern sehen.«

»Runterflattern, Trudi, du bist despektierlich.«

»Wenn Sie mich fragen, Herr Kommissar, so wurde er gestoßen.«

»Komm nicht schon wieder damit, sieh dir das Geländer an, zwischen dem Zug und dem Geländer ist mindestens ein halber Meter Platz. Stoß mich mal so weit! Außerdem hast du gar nicht hingesehen, du hast die Würste eingeschnitten.«

»Ich war ja auch dafür, dass er gestoßen wurde.«

»›Ich war dafür‹! Das ist hier keine Abstimmung.«

»Jedenfalls ist er plötzlich vornübergekippt …«

Capaul fragte: »Könnte es sein, dass er von der Fahrleitung her einen Stromstoß bekommen hat?«

»Unterbrechen Sie mich bitte nicht. Er ist vornübergekippt und als Erstes auf dem Zaun aufgeschlagen, vermutlich hat ihm das schon mal das Becken gebrochen. Dadurch bekam er einen Drall, er hat sich überschlagen wie ein Turmspringer. Er hätte sicher gute Noten bekommen. Als er eingetaucht ist, hat es fast gar nicht gespritzt.«

»Bert, reiß dich zusammen, du redest über einen Toten.«

Capaul machte einen letzten Versuch, das Gespräch in konstruktive Bahnen zu lenken.

»Mich interessiert vor allem der Moment, als er noch oben war. War da jemand Zweiter am Fenster?«

»Ja.«

»Nein.«

»Doch, zwei. Ich habe eine Frau gesehen.«

»Und wer war der Zweite?«

»Ja, eben er.«

»Können Sie die Frau beschreiben?«

»Da war keine Frau, Blödsinn. Sie sagt dauernd, da war eine Frau, aber niemand von uns hat sie gesehen.«

»Bin ich niemand?«

»Niemand außer dir.«

»Sonst ist immer er es, der allen Frauen nachgafft.«

»Eben, und schon widersprichst du dir. So ist sie immer.«

»Wo bitte steckt der Widerspruch?«

»Wenn ich allen Frauen nachgaffe, und da oben im Fenster habe ich keine gesehen, war da auch keine. Das nennt man einen logischen Schluss.«

»Reiß dich zusammen, hörst du? Oder du bekommst deinen logischen Schluss früher, als dir lieb ist.«

»Entschuldigen Sie meine Frau, Herr Kommissar. So ist sie, wenn sie unterzuckert ist. Dauert es noch lange?«

»Nein, wenn Sie alle Ihre Personalien aufgegeben haben, dürfen Sie gehen«, sagte Capaul seufzend.

Die Senioren stürmten den anderen Tisch, und Capaul bat den Nordic-Walking-Trupp zu sich.

»Wer von Ihnen hat wirklich mit eigenen Augen gesehen, was passiert ist?«

»Sie haben sich geküsst, und dann ist er gesprungen.«

»Er hat noch etwas gesagt, etwas wie: ›Man soll gehen, wenn es am schönsten ist.‹«

»Das haben Sie gehört?«

»Nein, hat sie natürlich nicht. Ich hatte das erfunden, es war ein Scherz.«

»Aber ich habe doch gesagt, es war ein Scherz, und darauf hast du mir versichert …«

»Sie ist so furchtbar gutgläubig, Herr Kommissar, dass ich es nicht lassen kann, sie zu necken.«

»Schön, aber wer hat etwas gesehen?«

»Ich glaube, sie war blond.«

»Wer?«

»Die, die runtergefallen ist. Wobei ich nicht mehr so gut sehe. Mit fünfzig hat es angefangen, fast schlagartig. Jetzt habe ich jedes Jahr eine Dioptrien mehr.«

»Wie alt sind Sie denn?«

»So etwas fragt man eine Dame nicht. Na gut, nicht eine ganze Dioptrien, aber sicher eine halbe.«

»Das heißt Dioptrie. ›Die Dioptrie ist der Maßstab für die Brechkraft des menschlichen Auges.‹«

»Margot ist unser wandelndes Lexikon.«

»Mädels, der Kommissar spürt sicher auch schon eine Brechkraft. Wir sind hier, um ihm zu helfen. Denkt an die Familie dieses armen Geschöpfs.«

»Ich habe keine Familie mehr«, stellte Capaul klar.

»Ich meinte auch nicht Sie, sondern den Toten. Also, wer hat etwas gesehen? Hand hoch!«

Keine der Frauen meldete sich.

»Danke, dann dürfen Sie gehen«, sagte Capaul. »Nun die Schüler bitte.«

Einer der Lehrer, ein Schlaks mit Schuppenflechte und gelfixierter Igelfrisur, hatte ihn schon die längste Zeit sonderbar angegrinst. Jetzt kam er mit Siebenmeilenschritten zu ihm.

»Steh auf, alter Kämpe!«

Capaul zwängte sich gehorsam hinterm Tisch hervor, worauf der Schlaks ihn umarmte und abklopfte.

»Als Robin gesagt hat, ein Polizist aus Leimbach mit einem komischen Nachnamen, Vorname Maxi oder so ähnlich, da dachte ich mir ja schon meinen Teil. Mensch, du und Polizist, wer hätte das gedacht? Wobei du schon in der Primarschule immer der Pingeligste warst. Erinnerst du noch unser Pfahlbaudorf aus Streichhölzern? Einen Monat hatte die ganze Klasse daran gebaut. Was waren wir stolz, bis der Massimo kam: ›Die Streichholzköpfe sind nicht alle auf derselben Seite.‹«

Wieder schlug er Capaul mit der flachen Hand auf den Rücken, dann fragte er: »Weißt du überhaupt noch, wer ich bin?«

»Freiburghaus«, sagte Capaul. »Den Vornamen habe ich vergessen.«

»Fritz, der lange Fritz. Ich hatte Beine bis unter die Achseln.«

Er musterte Capaul strahlend, dann fiel seine Aufmerksamkeit auf den Plastikausweis um Capauls Nacken, und er prustete los.

»Ist das eine Jagdtrophäe? Sag nur, der Moor hat den Typen kaltgemacht. Zutrauen würde ich es ihm allemal. Oder ist es sogar der Moor, der da im Zelt liegt?«

Capaul hatte das Namensschild ganz vergessen. Hastig nahm er es ab und steckte es in die Tasche.

»Unsinn, wir teilen nur die Pension, und er war verhindert«, erklärte er. »Das war die Eintrittskarte für den Durchstich heute früh. Aber woher kennst du ihn?«

Freiburghaus lachte sonderbar und winkte ein Mädchen zu sich, das etwas älter war als die anderen.

»Alina, der Kommissar fragt, woher wir Peter Moor kennen.«

»Da kann ich Ihnen etwas erzählen.« Ihre Stimme war selbstbewusst, doch ihr Blick flackerte unsicher. »Vor vier Jahren … oder warten Sie …« Sie rechnete.

»Er ist ein Perverser«, schaltete sich Freiburghaus ein. »Ein Eisenbahnhasser, ein Kinderquäler. Eine Woche lang hat er mich vertreten, und die ganze Klasse war traumatisiert. Ich habe dann dafür gesorgt, dass er …«

Capaul unterbrach ihn.

»Verzeih, das will ich ganz genau hören. Kann ich erst die Klassen vernehmen, und wir treffen uns später?«

»Easy«, sagte Freiburghaus und sprach zu den Schülern. »Herhören, der Kommissar braucht eure Hilfe. Jeder erzählt, was er oder sie gesehen hat, knapp, aber präzis. Und strikt die Wahrheit. Wer aus meiner Klasse aufschneidet oder flunkert, wäscht heute Abend ab.«

»Herr Freiburghaus, wir haben doch eine Spülmaschine.«

»Und außerdem ist von Hand abwaschen voll unökologisch.«

Freiburghaus grinste.

»Das sind meine«, sagte er stolz zu Capaul.

»Also, wer hat etwas gesehen?«, fragte der. Er machte gar nicht mehr den Versuch, sie einzeln zu befragen.

Robin tat als Einziger nicht schüchtern.

»Er ist erst hochgeklettert. Krass, dachte ich, jetzt surft der auf dem Zugdach. Und dann ist er abgerutscht, würde ich sagen, irgendwie sind ihm die Beine weggesackt. Knallt voll aufs Geländer, überschlägt sich und fällt wie ein lahmer Sack ins Bachbett.«

»War jemand bei ihm?«, fragte Capaul.

Robin nickte zögerlich.

»Eine Frau«, rief ein Mädchen mit zwei bleistiftdünnen Zöpfen.

Und Laura sagte: »Wir sind uns nicht einig. Der Zug ist stehen geblieben, und viele Fenster sind aufgegangen, Leute haben rausgeguckt. Da im vorderen Wagen ist nur das eine aufgegangen, und der Typ ist herausgeklettert.«

»Nein, das Fenster war schon offen«, sagte wieder das Mädchen.

»Stimmt, sorry. Jedenfalls war der Wagen leer oder fast leer. Ich glaube, ich habe jemanden durchgehen sehen. Aber hinter den geschlossenen Scheiben ist das schwer zu sagen.«

»Also, ich habe garantiert jemanden hinter ihm stehen sehen, als er hochgeklettert ist«, sagte eine Schülerin mit Spiegelbrille.

»Merkmale?«, fragte Capaul. »Mann? Frau? Blond? Dunkelhaarig?«

»Eher Frau, eher hell, sicher nicht dunkel.«

»Und also definitiv kein Bart?«

Sie zögerte.

»Ausschließen würde ich das auch nicht.«

Alina fragte dazwischen: »Ist der denn wirklich tot? Nicht nur irgendwie verletzt? Haben wir jetzt wirklich zugesehen, wie einer gestorben ist?«

»Mensch, nimm die Petersilie aus den Ohren«, sagte die mit der Spiegelbrille, »der Polizist hat doch klar gesagt: ›Todesfall‹.«

Robin lachte hinter vorgehaltener Hand. »›Todesfall‹ ist ja gut. Ich meine: Tot … Fall …«

Laura boxte ihn.

»Blödmann. Frag dich lieber, wie scheiße es einem gehen muss, damit er so was macht.«

»Das war garantiert kein Selbstmord«, stellte ein stämmiger Bursche fest, dessen Gesicht eine einzige Sommersprosse war. »Der wollte hoch aufs Dach, der hatte etwas vor. Will ich mich umbringen, springe ich doch einfach.«

Laura nickte nachdenklich.

»Vielleicht wollte ihn jemand zurückhalten. Würde Robin auf ein Zugdach klettern, würde ich ihn auch zurückhalten.«

»Probier's doch«, neckte Robin und kletterte auf den Tisch.

Laura umschlang seine Beine, und fast hätte er das Gleichgewicht verloren. Er konnte sich gerade noch auf Capaul abstützen.

»Sorry.«

»Schon gut«, sagte Capaul. »Könnte es so gewesen sein?«

»Nein, dann wären die Arme im Sonnenlicht gewesen, das hätten wir gesehen«, überlegte das Mädchen mit den Bleistiftzöpfen.

»Stimmt«, sagte Robin. »Aber wenn er nicht auf dem Fenster stand, sondern auf etwas hinterm oder unterm Fenster, das plötzlich unter ihm weggerutscht ist, so was wäre möglich. Oder wenn das Fenster zerbrochen wäre.«

Sie sahen hoch zum Zug. Gerade fuhr er an. Das Fenster war inzwischen geschlossen, augenscheinlich war es heil.

Dann klingelte Capauls Handy, es war Andri.

»Noch nicht fertig?«

»Doch. Moment.«

Er ließ das Handy sinken und sagte: »Ihr könnt gehen. Danke, ihr wart die Hilfreichsten.«

»Kunststück, waren fast alle meine«, stellte Freiburghaus klar.

»Kann ich heute bei euch im Heim vorbeischauen?«, fragte ihn Capaul. »Die Geschichte über Peter Moor will ich unbedingt noch hören.«

Freiburghaus nickte.

»Wir wandern noch nach Bergün. Dort wartet unser Reisebus. Ich denke, das Bahnmuseum schenken wir uns. Um fünf Uhr spätestens sind wir zurück in La Punt-Chamues-ch.« Er sprach es englisch aus. Den Schülern rief er zu: »Sie haben uns ein Eis versprochen, und das holen wir uns jetzt.« Damit grätschte er über den Zaun.

XII

Andri hatte inzwischen aufgehängt und nahm auch nicht ab, als Capaul zurückrief. Doch zwei Minuten später erschien er auf dem Picknickplatz. Capaul sah gerade mit den Assistentinnen und Assistenten die Adresslisten durch. Andri brachte Sandwiches mit.

»Und? Etwas herausgefunden?«

»Eventuell war er nicht allein«, berichtete Capaul. »Und es sieht eher nach einem Unfall als nach Suizid aus. Er wollte hochklettern und ist abgerutscht. Oder erlitt einen Stromschlag. Aber warum wollte er hochklettern? Warum war der Wagen leer? Und warum hielt der Zug? Hatte er vorher die Notbremse gezogen?«

»Nein, der Lokführer hatte Anweisung, auf dem Viadukt einen Fotostopp einzulegen. Es kommt öfters vor, dass RhB-Fans darum bitten. Sie positionieren sich an einem Hang gegenüber dem Viadukt und knipsen. Der Kick ist: Wer hat die coolste Perspektive?«

»Stimmt, ich kenne die Leute sogar. Die Fotos müssen wir uns besorgen.«

»Haben wir bereits. Es gab nur leider ein Missverständnis, die Gruppe hat bei Viadukt II gewartet statt bei III. Und als der Zug nicht weiterfuhr, sind sie zurück nach Preda. Die paar Fotos, die auf Distanz entstanden sind, hat Linard gesichtet. Die geben nichts her. Es war angeblich auch die falsche Lokomotive, sie hatten auf eine Dampflok gehofft, entsprechend wenig wurde geknipst.«

»War der erste Wagen wirklich leer?«

»Ja, es war ein Transportwagen mit nur je einer langen klappbaren Sitzbank links und rechts. Verliebte ziehen sich gern dahin zurück. Willst du aus dem Fenster sehen, ist es nichts, weil du mit dem Rücken zur Aussicht sitzt. Als die Zugchefin das letzte Mal durchgegangen ist, war er leer. Keiner hat etwas gesehen, keiner hat den Mann vermisst, bis er gestürzt ist. Auch der Lokführer hat nur im Rückspiegel etwas fallen sehen.«

»Weiß man inzwischen, wer tot ist?«

»Ja, einer der Mineure von der Tunnelbaustelle, Anton Brack.«

»Toni?«

»Sag nur, du hast ihn gekannt.«

»Flüchtig. Er war eng mit Alois Hinterholzer befreundet, dem Toten im Tunnel.«

»Ja, das habe ich gehört. Wir tippen auf Liebeskummer.«

Capaul stutzte.

»Sie waren schwul?«

»Weiß ich nicht. Es gibt ja verschiedene Arten von Liebe.«

In Capauls Hirn jagten sich tausend Gedanken.

»Jedenfalls hat die Spurensicherung nichts Auffälliges ergeben«, fuhr Andri fort. »Wir warten noch den Bericht des Pathologen ab, aber ich bin nicht unglücklich, wenn der Fall schnell abgeschlossen wird. Wir sind krass unterbesetzt. Was meinst du, wie viele Überstunden ich dieses Jahr schon gesammelt habe?«

»Wissen Tonis Kumpels Bescheid?«

»Die Bauleitung ist informiert. Wann die es weitergibt, muss sie entscheiden.«

Capaul versuchte noch immer, seine Gedanken zu ordnen.

»War ein Mann mit schwarzem Bart im Zug?«

»Dreitagebart?«

»Nein, ein richtiger Räuber Hotzenplotz.«

Andri schüttelte den Kopf.

»Uns sind ein paar Reisende entwischt. Die Assistenten waren völlig überfordert. Aber Vollbärte sind auch nicht das zuverlässigste Erkennungsmerkmal, es sei denn, du hast daran gezupft.«

»Er schleppt eine große Kameratasche mit sich herum. Peter Moor, er ist schon aktenkundig.«

»Peter Moor?« Andri zog grinsend die Augenbrauen hoch. »War das nicht sein Namensschild um deinen Hals?«

Capaul wurde rot.

»Ich bin schon eine Weile hinter ihm her«, sagte er ausweichend. »Darf ich die Liste der Reisenden sehen?«

Andri zog sie aus seiner Mappe, sie war ziemlich lang. Capaul setzte sich an den Tisch und ging sie durch.

»Suchst du jemanden?«, fragte Andri nach einer Weile.

»Nicht wirklich«, murmelte Capaul.

Keiner der Namen kam ihm bekannt vor. Er schob Andri die Liste wieder zu.

»Brauchst du mich noch?«

Andri schüttelte den Kopf.

»Offiziell warst du sowieso nie hier, das habe ich mit Linard so abgesprochen. Nicht dass du noch mehr Probleme mit Gisler bekommst.«

»Kannst du mich noch zu meinem Auto fahren?«, bat Capaul. »Es steht vor dem Hotel Preda Kulm.«

Andri fuhr ihn hoch. Capaul wartete, bis er gewendet

hatte, dann setzte er sich hinters Steuer seines Chrysler Imperial und weinte, ohne zu wissen, warum.

Als er sich gefasst hatte und wieder ausstieg, schien die Stille über dem Tal noch bleierner als bei seinem ersten Besuch. Kein Mensch war zu hören, kein Fahrzeug, nur die Förderbänder ratterten, und im Vorbeiflug krähte eine Dohle. Das Leuchtschild am Bauschuppen *Unfallfrei seit …* war ausgeschaltet. Die Sonnenschirme vor dem Hotel waren zugeklappt, die Stühle mit einem Stahlkabel an die Blechtische gebunden.

Capaul ging zum Ingenieursschuppen und klopfte, doch keiner öffnete.

Beim Abwärtssteigen scheuerten die nassen Schuhe. Capaul überquerte die Albula. Als er an dem Stein vorbeikam, der während des ersten Tunnelbaus drei Mineure erschlagen hatte, fand er mit schwarzem Filzstift darauf geschrieben: *Ein Thor, der noch über Steine oder Menschen stolpert! Friedrich Nietzsche.*

Auf dem Treppenpodest vor dem Wohnheim standen drei Männer, tranken Bier und rauchten. Als er näher trat, hörten sie auf zu reden, starrten an ihm vorbei und warteten offensichtlich darauf, dass er reinging.

»Allegra«, sagte er, »oder grüß Gott. Das ist ein schlimmer Tag.«

Sie sahen noch immer weg. Einer schnippte die Zigarette auf den Parkplatz und ging in den Wohncontainer, die anderen folgten ihm.

Den einen erkannte Capaul.

»Haben Sie Ihr Hemd wiedergefunden?«, fragte er.

Der Mann blieb stehen und drehte sich um.

»Ach, Sie sind der von der Versicherung.«

»Nein, nein«, beteuerte Capaul, »ich bin eher ein Freund. Oder der Freund einer Freundin. Ich versuche zu verstehen, was passiert ist.«

»Bert, kimmst?«, rief einer der anderen von oben.

»Dann tun Sie das«, murmelte Bert und wollte gehen.

»Ich brauche Hilfe. Die zwei waren doch Ihre Kumpels.«

Bert schüttelte den Kopf. »›Kumpels‹. Das ist nur ein Wort. Der Alois und der Toni, die waren immer für sich.«

»Die Polizei meint, dass Toni sich umgebracht hat, und zwar aus Liebeskummer.«

»Sie meinen, dass die zwei pervers waren?«

Capaul zögerte.

»Ich weiß nicht, wann einer pervers ist. Hatte Toni Besuch? Es kann auch eine Frau gewesen sein.«

»Sind Sie von der *Kronenzeitung*?«, fragte Bert misstrauisch. »Sie wollen so ein Sexding daraus machen, ja? Hören Sie, beim Tunnelbau gibt es eine klare Regel: Keine Frauen auf der Baustelle. Frauen bringen Unglück. Das gilt auch für den Container.«

»Also war letzte Nacht oder heute früh keine Frau hier?«, fragte Capaul erleichtert.

»Nein.« Bert sah ihn mit undurchdringlichem Blick an, dann schob er nach: »Aber Toni war auch nicht da.«

»Ach.« Capaul fiel ein, wie er nachts vergeblich auf Moor gewartet hatte. »Hatte er vielleicht Umgang mit einem Mann mit schwarzem Vollbart? Typ Räuber Hotzenplotz?«

Bert zuckte mit den Schultern, schüttelte den Kopf und trank sein Bier aus.

»Woher wussten Sie überhaupt, dass Toni nicht da war?«

»Weil er nach Loisls Tod zu mir umgezogen ist. Die Bauleitung wollte nicht, dass er allein wohnt. War das alles?«

»Fast. Jetzt interessiert mich natürlich, wo er letzte Nacht hin ist.«

»Mich nicht.«

»Vielleicht durch den Tunnel?«

Bert zuckte erneut die Achseln und drehte die leere Flasche in den Fingern.

»Oder wo geht man hin, wenn man allein sein will?«

»Auf den Berg.«

»Und nachts?«

»Ist hier gar nicht so einfach.«

»Bert, kimmst?«, rief es nochmals.

»Ich muss jetzt.«

»Ihr Hemd haben Sie wieder?«

»Nein, aber ist wurscht.«

Capaul stand schon auf dem Parkplatz, als im oberen Stock des Wohnheims ein Fenster aufging.

»Ich denke, ich würde ins alte Stromhäuschen«, sagte Bert. »Das steht bei der Tunnelpforte.«

Das winzige zweistöckige Giebelhaus lag eingekeilt zwischen Containern, Mulden, Zementsilos und Stahlgerüsten für die Förderbänder. Fenster und Türen waren verbarrikadiert. Schließlich fand Capaul eine Lücke in einem Verschlag, durch die er sich gerade noch quetschen konnte. Der untere Stock war völlig verstaubt und finster, im oberen kam Licht durch die Fenster eines Erkers, er war immerhin grob gefegt und notdürftig möbliert. Zwei umgekehrte Farbkübel dienten als Stühle, auf dem Boden waren zwei Felle ausgebreitet. Daneben lagen eine Schachtel Kerzen und ein Feuerzeug. Außerdem fand Capaul ein zerrissenes und an einer Stelle blutverkrustetes Hemd, das verwaschene Etikett war mit *A.B.* beschriftet.

Er zog die nassen Schuhe aus, setzte sich auf die Felle, zündete eine Kerze an und versuchte nachzudenken. Wobei er sehr bald froh war, dass die klammen Füße und der knurrende Magen sein Denken behinderten, denn er fürchtete sich vor den Schlüssen, die sich aufdrängten. Nach nur wenigen Minuten erhob er sich wieder, um nach Bever zurückzukehren.

Auf der Fahrt über den Pass wurde ihm wieder leichter. Obwohl es auf dem Berg nachmittags um vier bereits sehr kalt war, die Heizung seines Chrysler nicht funktionierte und er irgendwann die Füße nicht mehr spürte.

In der Pensiun Trais Piz duschte er heiß. Danach fühlte er Schwindel und eine gewisse körperliche Mattigkeit, gleichzeitig waren seine Gedanken aber leicht und mutig. Er beschloss, auf die Suche nach dem Hotzenplotz zu gehen, und fand ihn schließlich in der verdunkelten Kammer. Er murrte, als Capaul klopfte.

»Sie haben den Durchstich verpasst«, rief Capaul durch die verschlossene Tür. »Dafür habe ich Sie auf dem Albulapass gesehen, oder irre ich mich?«

Keine Antwort.

»Wollen Sie nicht mit mir reden?«

»Nicht jetzt, ich bin beschäftigt.«

»Warum hatten Sie sich überhaupt angemeldet? Ich will Ihnen ja nichts unterstellen, aber unauffällig kann man Ihr Verhalten nicht gerade nennen. Man könnte meinen, Sie hätten im Tunnel etwas im Schilde geführt und kurzfristig Ihre Pläne geändert. Zum Beispiel deshalb, weil die Sicherheitsvorkehrungen an der Feier zu solide waren und Sie nicht ausführen konnten, was Sie ausführen wollten.«

Der Hotzenplotz zeigte keine Reaktion. Er hantierte hörbar.

»Eine so große Fototasche, beispielsweise, kann ja allerhand verbergen«, fuhr Capaul fort. »Und ein so wuchtiges Kameraobjektiv kann entweder als Schlagwaffe gebraucht werden oder sogar eine Schusswaffe enthalten.«

In der Kammer herrschte wieder Stille.

»Natürlich sind das alles nur Gedankenspielereien, ausgelöst durch einen Todesfall auf der Albulastrecke.«

Nun klapperte es wieder.

Die Tatsache, dass Capaul bereits Turnschuhe und seine Jacke angezogen hatte und also jederzeit auf die Straße rennen konnte, machte ihn immer übermütiger.

»Warum wollten Sie eigentlich, dass ich das Vertrauen jener Aargauer Schulklasse gewinne? Ich habe heute den Lehrer kennengelernt. Besser gesagt haben wir festgestellt, dass wir uns seit Ewigkeiten kennen. Wir haben zusammen die Primarschule besucht. Er spricht nicht gerade gut von Ihnen. Es fielen Worte wie ›Eisenbahnhasser‹ und ›Perverser‹. Sie sollen Kinder gequält haben. Ich werde ihn gleich nochmals treffen, damit er und dieses Mädchen mir mehr von Ihren Machenschaften erzählen. Alina heißt sie, glaube ich.«

»Das ist gut«, rief der Hotzenplotz erstaunlich gelassen. »Hören Sie gut hin. Und vor allem schauen Sie hin.«

»Werde ich tun«, versicherte Capaul. Und da von drinnen keine Reaktion mehr kam, machte er sich auf den

Weg – leicht enttäuscht, dass der Hotzenplotz sich so gar nicht hatte provozieren lassen.

Freiburghaus stand vor der Tür, er schien schon auf ihn gewartet zu haben.

»Wir wohnen in einem der Leiterzimmer«, erklärte er, während er Capaul in den oberen Stock führte.

Es handelte sich um ein enges, überheiztes Doppelzimmer. Alina lag mit Kopfhörern auf dem Bett, blätterte in einer Illustrierten und hörte Musik. Als sie eintraten, setzte sie sich auf und zog die Knie unters Kinn. Freiburghaus setzte sich neben ihr auf die Bettkante und überließ Capaul den einzigen Stuhl.

»Nun bin ich aber gespannt«, sagte Capaul.

Freiburghaus sah Alina an. »Nimm die Dinger runter. Willst du anfangen?«

Alina verschob die Kopfhörer so, dass die Ohren knapp frei waren. »Na ja, er war eben unser Aushilfslehrer. Das war in der sechsten Klasse.«

»Vor fünf Jahren«, schob Freiburghaus ein. »Alina ist achtzehn, sie hat ein Jahr wiederholt.«

»Nein, ich habe ein Zwischenjahr gemacht.«

»Es ging ihr nicht sehr gut, die Eltern hatten sich getrennt.«

Alina kaute kurz an ihren Fingerhäutchen.

»Wieso reden wir jetzt von mir? Er ist doch wegen dem Moor da.«

»Ja, natürlich«, sagte Freiburghaus. »Jedenfalls ist sie achtzehn, volljährig und keine meiner Schülerinnen, sondern als Helferin dabei.«

»Was hat Moor denn nun verbrochen?«, hakte Capaul nach.

»Ich würde es psychische Folter nennen«, erklärte Freiburghaus.

»Soll jetzt ich erzählen, oder erzählst du?«

»Natürlich du.«

»Es war so eine Projektwoche. Er wollte, dass wir den Bau der Spanischbrötli-Bahn nacherleben.«

»Die erste Eisenbahnlinie der Schweiz, 1847 eröffnet«, schob Freiburghaus nach.

»Verstehe«, sagte Capaul.

»Dabei hat er uns gehalten wie im KZ. Wir mussten nachts allein durch den Wald von Zürich nach Baden laufen …«

»Ich war damals noch in Leimbach Lehrer.«

»Wir mussten Dinge entscheiden, die uns zu Mördern gemacht hätten, wenn es echt gewesen wäre.«

»Wie soll ich das verstehen?«, fragte Capaul.

»Na ja.«

Bevor sie weitersprach, kaute sie wieder an der Nagelhaut. Freiburghaus nutzte die Gelegenheit.

»Er hat nichts ausgelassen, um seine perverse Fantasie zu befriedigen. Er hat die Kinder so manipuliert, dass am Ende der Woche ihr ganzes Selbst zerstört am Boden lag. Sie waren zerrüttet, hatten Heulkrämpfe, mehrere wurden krank, unter anderem Alina. Deshalb habe ich mich dann mit Alinas Mutter und weiteren Eltern zusammengetan und dafür gesorgt, dass Peter Moor Lehrverbot erhält. Das kantonale Bildungsdepartement ist unserer Empfehlung ohne jede Diskussion gefolgt, und das Verwaltungsgericht hat das Urteil bestätigt. Denn natürlich hat der Moor sich gewehrt.«

»Das heißt, er darf nun wirklich nie mehr unterrichten?«

»Never say never again«, sagte Freiburghaus lässig.

Alina trat ihn.

»Es heißt nur ›Never say never‹.«

Er schlug leicht zurück.

»Du kennst doch den Film überhaupt nicht.«

»Kunststück, es ist kein Film, sondern ein Song von Justin Bieber, du Banause.«

Freiburghaus wandte sich wieder Capaul zu.

»Egal. Um wieder unterrichten zu dürfen, müsste er sich einer psychiatrischen Behandlung unterziehen, die wiederum müsste nachweisbar Wirkung zeigen, zudem müsste er so weit gefestigt sein, dass er den Belastungen im Lehrberuf standhält. All das aber ist natürlich davon abhängig, dass er seinen Fehler, was sage ich, sein Verbrechen überhaupt erst anerkennt.«

»Das hat er bisher nicht?«

»Im Gegenteil, seit damals verfolgt er mich. Er will sich rächen, schon mehrmals hat er versucht, mir etwas anzuhängen. Er ist ein Stalker und wurde auch deshalb schon verurteilt. Inzwischen ist es ihm verboten, sich mir auf weniger als fünfzig Meter zu nähern. Daran hält er sich sogar. Bisher.«

»Muss er auch, wenn er nicht in den Knast wandern will«, sagte Alina.

Freiburghaus nickte.

»Jedenfalls, der Typ ist mehr als fanatisch. Er verfolgt mich nicht etwa seit einer Woche oder einem Monat, sondern seit fünf Jahren.«

»Unablässig?«, fragte Capaul.

»Natürlich nicht. Aber er weiß genau, was ich tue, und wenn er Gelegenheit für einen Fehltritt von mir wittert, ist er zur Stelle. Wie eben hier.«

»Was könnte er denn hier wittern?«

Sofort wurde Freiburghaus' Blick hart.

»Stehe ich auf der Anklagebank oder er? Nichts natürlich, das ist nur seine kranke Fantasie. Der Punkt ist: Er kennt keine Grenzen. So einer ist zu allem fähig, auch zu Mord.«

»Dass er Kinder nicht besonders mag, habe ich schon gemerkt«, erzählte Capaul, »wobei er das so nicht zugeben wollte. Aber weshalb sollte er Mineure umbringen?«

»War der Zweite auch Mineur?«, fragte Freiburghaus nach.

Gleichzeitig erklärte Alina mit einer gewissen Aggressivität: »Wir haben ja eine These. Er will nicht, dass die Menschen den Berg kaputt machen. Er will überhaupt die Menschheit ausrotten. Er findet, dass die Welt ohne Menschen besser dran ist, und glaubt, dass er dazu ... Wie sagt man schon wieder?«

»Auserkoren?«, schlug Capaul vor.

»Genau, dass er dazu auserkoren ist, jetzt alle abzuschlachten. Ratzfatz die ganze Menschheit.«

»Etwas differenzierter war die These schon«, versicherte Freiburghaus. »Und eigentlich haben wir nur herumgesponnen. Aber muss man solche Menschen überhaupt verstehen? Oder sollte man sie nicht jedenfalls erst einbuchten und sich dann mit ihnen befassen? Wie viele Unschuldige müssen noch dran glauben?«

»Genau«, sagte Alina und wollte eine Kaugummiblase platzen lassen, doch die Aktion verpuffte.

XIII

Bei den Bähnlern wurde gerade aufgetragen, als Capaul den Saal betrat. Einfache Kost diesmal, Spaghetti napoli und Salat, dazu Wein aus Literflaschen, doch Capaul war glücklich.

Zudem wurde er mit Jubel empfangen. Denn Margot, das wandelnde Lexikon der Nordic-Walking-Damen, war Göttis Ehefrau – sie löste, erklärte der Götti, gern Kreuzworträtsel. So wusste die gesamte Runde, dass Capaul einer der Ermittler war, und erwartete ganz selbstverständlich, dass er nun die Aufklärung des Falls präsentierte.

»Ganz so weit sind wir noch nicht«, erzählte er, während er hungrig zu essen begann. »Was ich jedoch sagen kann, ist, dass für die Teilnehmer der Durchstichfeier zu keiner Zeit Gefahr bestand.«

»Aber ein Mord ist geschehen, oder?«, fragte der Schnauzbärtige und löste damit bei Jacek einen polnischen, vielleicht auch deutschen Redeschwall aus, den Capaul abwartete.

»Es ist zu früh, von Mord zu sprechen«, sagte er danach. »Ja, wir haben zwei Tote innerhalb einer Woche, die Opfer kannten sich, und beide arbeiteten im Tunnel. Dazu kommt, dass offenbar ein Krimineller in der Gegend ist, der zwar nicht im Tunnelbau involviert ist, aber schon bei anderen Gelegenheiten dezidiert gegen Eisenbahnprojekte Stellung bezogen hat. Er ist deswegen auch mit dem Gesetz in Konflikt geraten. All das spricht gegen einen Unfall. Nur reicht der bloße Verdacht natürlich nicht aus, um einen Täter dingfest zu machen. Idealerweise haben wir ein Geständnis. Fast ebenso gut sind saubere Indizien. Das Mindeste aber ist ein zweifelsfreies Motiv. Darf ich um Nachschlag bitten?«

Während der Götti persönlich Capauls Teller nochmals füllte, staunte er: »Ein Eisenbahngegner als Terrorist? Das wäre ja ein Ding! Ich verstehe nur gar nicht, was man gegen die Eisenbahn haben kann. Sie ist ökologisch und effizienter als jedes andere Verkehrsmittel.«

Capaul nickte.

»Natürlich gibt es Grenzen, wenn man geistig verwirrte Menschen zu verstehen versucht. Der Mann, von dem wir sprechen, scheint eine Art besessener Naturschützer zu sein. Wobei das noch völlig ungeprüfte Informationen aus dritter Hand sind.«

»Sind die Toten denn Ingenieure?«, fragte Hermi. »Oder wen bringt man um, wenn man gezielt ein Projekt boykottieren will?«

»Am besten völlig unschuldige Passagiere«, meinte der Götti. »Haben die Leute Angst, Zug zu fahren, rentiert so ein dreihundertfünfundvierzig Millionen teurer Tunnel natürlich nicht mehr.«

»Nein, es waren beides einfache Mineure«, sagte Capaul. »Und wohlgemerkt ist die Terroristenthese nur eine von mehreren möglichen. Wenn auch die weitaus spektakulärste.«

»Was wäre denn außerdem denkbar?«, fragte Richi. »Ich gestehe, auf einen Terroristen kann ich gut verzichten.«

Capaul schob erst einmal den Teller von sich und bemerkte: »Ein Espresso wäre jetzt toll.«

»Kommt«, sagte der Götti und winkte der Küchenmannschaft.

»Also«, fuhr Capaul fort, »im Raum steht außerdem ein Liebesdrama. Wie auch immer der erste Mineur umgekommen sein mag, denkbar ist, dass der zweite diesen Tod nicht verkraftet und sich das Leben genommen hat.«

»Ein Schwulendrama«, kommentierte der Schnauzbart.

»Nicht unbedingt«, korrigierte Capaul. »Es gibt verschiedene Arten von Liebe.«

»Wieso nicht Eifersucht?«, wollte der Götti wissen. »Zwei lieben dieselbe Frau, der eine bringt den anderen um und richtet sich dann selbst. Das wäre doch klassisch, oder?«

»Klassisch oder nicht, es gibt nun mal keinen Hinweis darauf, dass eine Frau involviert ist«, behauptete Capaul.

Dann betrat der Hotzenplotz den Saal.

»Sie haben ja heute etwas verpasst, Herr Moor«, rief der Götti, sobald er ihn sah. »Wissen Sie, dass unser Freund von der Polizei sozusagen Ihre Identität geklaut hat?«

Der Hotzenplotz überhörte die Bemerkung.

»Ich würde heute auch gern etwas präsentieren«, sagte er. »Ich habe Fotos, allerdings nur klein, auf Papier.«

Jacek nuschelte etwas von »Bluetooth«, zog sein Handy hervor und ging zum Beamer. Sekunden später sah man auf der Großleinwand alles, was seine Handykamera ins Auge fasste.

»Sehr schön«, sagte der Hotzenplotz und nahm Jaceks Handy. »Ich war heute nämlich zur Fotosafari am Albulaviadukt III, als Einziger offenbar.«

Daraufhin zeigte er Schwarz-Weiß-Fotos der verirrten RhB-Exkursion, die am Hang oberhalb des Albulaviadukts II lümmelte. Der Hotzenplotz besaß ein hervorragendes Teleobjektiv, denn auf einer Detailvergrößerung erkannte man sogar, wie einer der Franzosen in der Nase bohrte.

»Un mineur«, rief einer seiner Kollegen zum Gelächter der anderen.

Der Hotzenplotz lachte höflich mit und präsentierte als Nächstes Fotos von der Feuerstelle: Margot am Telefon – Zwischenruf: »Mit wem sie wohl wieder telefoniert?« –, die Seniorengruppe über eine Wanderkarte gebeugt, wobei alle in eine andere Richtung zeigten, Freiburghaus inmitten seiner Klasse. Einmal mimte er offenbar Popeye, einmal stemmte er einen der Burschen in die Luft. Auf dem dritten Bild schien er in die Höhe zu starren, man sah ihn von hinten. Andere Fotos, andere Hinterköpfe, alle starrten hoch.

»Gegenschnitt«, sagte Moor und ließ Fotos vom Zug auf dem Viadukt folgen, erst in der Totalen, dann im Zoom auf einzelne Passagiere, die sich aus den Fenstern beugten. Auf den Zugführer, der gerade in ein Sandwich biss. Und auf Toni. Toni am Fenster, er reckt sich nach oben, sucht mit den Händen offensichtlich Halt, um hinauszuklettern. Beugt sich wieder hinab, scheint mit jemandem im Wagen zu sprechen. Nackte Arme in der Fensteröffnung, die ihn womöglich am Hosenbund halten, die Sehnen gespannt. Das Foto ist gestochen scharf, es sind kräftige Arme, gebräunt, mit hellen Härchen, Frauen- oder Jungenarme. Der Rest des Körpers liegt in Tonis Schlagschatten. Nächstes Bild: Toni klammert sich am Zugdach fest, worauf er steht, bleibt unklar. Dann ein Foto, auf dem Tonis Körper verschwimmt, es ist der Moment seines Falls und der Moment, in dem sein Schatten nicht mehr in die Fensteröffnung fällt. Man sieht: Im Wagen steht ein Mensch. Allerdings ist nur der Brustbereich im Licht. Diese Brust ist eindeutig weiblich.

»Leider trägt sie Weiß«, erklärte der Hotzenplotz so ruhig, als ginge es nur um ein technisches Detail. »Dadurch wurde der Bildkontrast so stark, dass alles, was um das Oberteil herum im Schatten liegt, schwarz erscheint.«

Er bewies es mit Detailvergrößerungen: Es blieb dabei, dass man Kopf und Hände nur erahnte.

Damit war es noch nicht vorbei. Es folgten Fotos von der Leiche im Bach, dann sagte der Hotzenplotz: »Die Reaktionen der Zuschauer erspare ich euch, bis auf eine.« Es war Freiburghaus, der sich übergab, Alina hielt seinen Kopf. Und Capaul: Im Gespräch mit der Ambulanzfahrerin. Capaul leert Wasser aus dem Schuh. Capaul im Gespräch mit den Kindern. Capaul untersucht den Inhalt eines Sandwichs. Und als Letztes Capauls Blick ins Leere – in Wirklichkeit hatte er vermutlich dem anfahrenden Zug nachgesehen.

Der Hotzenplotz klappte die Hülle des Handys zu und reichte es Jacek zurück. Dann bündelte er die Fotoabzüge, verschränkte die Arme darüber, sah in die erstarrte Männerrunde und sagte mit leisem Spott: »Rühren.«

Dennoch blieb es eine ganze Weile still.

Dann bemerkte Hermi: »Also eine Frau.«

Capaul relativierte sofort: »Was immer sie da gemacht haben mag.«

»Jedenfalls kein Attentäter.«

Capaul presste die Lippen zusammen.

Hermi klopfte ihm tröstend auf die Schulter: »Manchmal ist man ja ganz froh, wenn die Polizei sich irrt.«

»Es ist uns nichts Neues, dass eine Frau im Abteil war«, stellte er klar. »Es ist nur überhaupt nicht gesagt, dass sie etwas vom Unglück mitbekommen hat. Oder sie wollte den Selbstmörder zurückhalten. Den Bildern nach zu schließen ...«

»Aber hast du nicht gesagt, es war keine Frau im Spiel?«, erinnerte ihn der Götti.

»Ich meinte damit, dass sich keine gemeldet hat. Diese Frau da war definitiv nicht unter den Befragten.«

Der Schnauzbart grinste.

»Du meinst, sie ist euch entwischt?«

»Ich meine gar nichts«, sagte Capaul gereizt. »Unsere Assistenten waren überfordert, das sind keine Profis, die meisten waren Bahnangestellte. Beim Geleiten der Passagiere vom Viadukt hinab zum Befragungsort kam es zu Pannen. Vielleicht wollte diese Frau tatsächlich das Schlimmste verhindern, was ihr nicht gelang. Sie erlitt einen Schock, und in ihrer Verwirrung verlor sie die Orientierung. So was kommt vor.«

»Dann würde ich vorschlagen, ihr sucht mal die Umgebung ab«, sagte der Schnauzbart süffisant. »Bevor sie irgendwo zu Tode stürzt.«

Capaul erhob sich.

»Das werden wir sicherlich tun.«

Er ging auf die Tür zu.

»Sie haben das Auto dabei, nehmen Sie mich mit?«, fragte Moor.

Capaul nickte und ging voraus.

Sein Chrysler stand in der Nähe von Haus Ot.
»Ich warte an der Straße«, sagte Moor und bog ab.
»Ach ja, die fünfzig Meter«, bemerkte Capaul.
»Genau, die fünfzig Meter.«

Auf der Rückfahrt nach Bever schwiegen sie. Capaul drehte sich der Kopf, er hatte zwei Gläser Wein getrunken. Hoffentlich gab es keine Kontrolle.

Im Flur der Pension sagte Moor: »Bis später.«

»Ja«, antwortete Capaul, obwohl er nicht wusste, was damit gemeint war, und ging auf sein Zimmer.

Er trat ans Fenster, ohne Licht zu machen, sah hinaus in die Nacht und versuchte einen Weg zu finden, wie er Silke aus der Geschichte heraushalten konnte. Er brachte allerdings keinen klaren Gedanken zustande, in seinem Schädel toste es. Und seine Hände wurden schwitzig, das kannte er von sich gar nicht.

Dann klopfte es, die Tür ging auf und die Lampe an.

»Licht aus«, schimpfte Capaul, ohne sich umzudrehen.

Das Licht ging aus.

»Wir wollten reden«, sagte der Hotzenplotz.

»Ja, richtig. Worüber? Ich muss gestehen, ich habe den Faden verloren.«

Er hörte, wie der Hotzenplotz sich in den Sessel fallen ließ.

»Vielleicht über Nietzsche?«

Capaul erschrak.

»Ich kann mir nicht vorstellen, dass sie etwas damit zu tun hat.«

»Ich meinte Friedrich Nietzsche«, erwiderte Moor. »Es sollte ein Scherz sein. Wenn man im Engadin nichts zu reden weiß, redet man über Nietzsche.«

»Das wusste ich nicht.«

»Das war wieder ein Scherz.«

»Ach so. Ich bin zu Scherzen nicht aufgelegt.«

»Wir können auch ernst sein.«

Draußen fuhr der 21:23 von Preda nach Samedan vorbei.

»Wie lebt es sich mit einem Berufsverbot?«, fragte Capaul. »Ich frage das ganz ehrlich.«

»Ach, eigentlich ganz gut. Ich habe das Glück, auf bescheidenem Niveau auch ohne Arbeit leben zu können. Ich habe ein Mietshaus in Kleinbasel geerbt. Was ich aber vermisse, ist die Chance, positiv auf die Welt einzuwirken. Als Lehrer kann man sehr viel bewirken.«

Capaul lachte sarkastisch.

»Das nennen Sie positiv? Nach allem, was ich gehört habe …«

Moor unterbrach ihn unerwartet scharf.

»Sie haben nicht hingesehen. Obwohl ich Sie gemahnt hatte. Die Botschaft liegt nicht in den Worten.«

»Worin dann?«, fragte Capaul. Endlich setzte er sich aufs Fensterbrett und fixierte den dunklen Fleck im Sessel, der Peter Moor war.

Moor sagte: »Ich will Ihnen erzählen, was damals wirklich vorgegangen ist. Meine Lehrmethode mag radikal anmuten, doch sie ist heilsam.«

»Heilsam? Da bin ich gespannt.«

»Freiburghaus besuchte eine Fortbildung, ich war seine Vertretung. Lehrstoff waren die Gründerjahre der modernen Schweiz, Sie wissen schon: 1848, die Staatsgründung, souveräne Kantone, doch gemeinsames Gesetz und gemeinsame Bundesverfassung. Können Sie sich darunter etwas vorstellen?«

»So halbwegs.«

»So geht es den meisten. Der Klasse schlug ich vor, die Unterrichtsform zu ändern. Ich fragte: ›Wer will die Schulbank drücken und mich monologisieren hören, wer will am eigenen Leib erfahren, wie die Menschen damals lebten?‹ Natürlich gab es kein Kind, das das nicht wollte. Sie holten die Erlaubnis ihrer Eltern ein, über Nacht in der Schule bleiben zu dürfen. Ich richtete die Turnhalle her und kochte einen großen Topf Kartoffelsuppe, das war ihr Abendessen. Dann ließ ich sie allein. Ich riet ihnen noch, sich auszuruhen.«

»Kommen Sie irgendwann auf den Punkt?«

»Warum so eilig? Um Mitternacht kehrte ich zurück und bat sie, Schuhe und Jacken anzuziehen, damit wir ins aargauische Baden wandern. Baden war im neunzehnten Jahrhundert eine Bäderstadt besonders für vornehme Zürcher. Und die verliebten sich allesamt in ein Blätterteiggebäck mit so sündhaft viel Butter darin, dass die Zürcher Regierung es verboten hatte, die sogenannten Spanischbrötli. Zürich war protestantisch, der Aargau katholisch, und die Protestanten fanden es unchristlich, so fett zu essen. Da aber die Zürcher Schickeria nicht mehr ohne Spanischbrötli leben konnte, mussten ihre Dienstmägde und Burschen jedes Wochenende los und welche kaufen. Um Mitternacht marschierten die Dienstboten los, um vier Uhr waren sie bei der Bäckerei in Baden und rechtzeitig zum Sonntagsfrühstück wieder zurück.«

»Moment, das heißt, die Schulkinder waren jetzt quasi die Dienstboten?«

»Genau.«

»Und sollten nachts vier Stunden wandern?«

»Kurz vor Baden gab ich ihnen je fünf Franken. ›Die Bäcker sind jetzt an der Arbeit‹, sagte ich. ›Spanischbrötli werden nicht mehr hergestellt, dafür bringen mir alle eine Cremeschnitte in die Schule.‹ Ich stellte ihnen noch eine Extraaufgabe: ›Elsi, eine Magd, verliebt sich in den Bäckerlehrling Peter. Was können sie tun, um mehr Zeit miteinander zu verbringen? Denn ihr habt nur eine halbe Stunde Zeit, dann müsst ihr euch wieder auf den Weg machen, um neun Uhr wollen die Herrschaften frühstücken.‹«

Capaul hörte gebannt zu.

»Ich hätte mit ein paar anderen zusammengespannt, den ersten Zug zurück genommen und die Cremeschnitten im Multipack bei Coop gekauft.«

Moor nickte.

»So clever war auch Alina. Wobei ihre Gruppe die Cremeschnitten zum Frühstück verdrückt hat. Ich wartete im Klassenzimmer, sammelte die Cremeschnitten und das Wechselgeld ein und teilte meinerseits Frühstück aus, die Kartoffelsuppe vom Vorabend, kalt. Im neunzehnten Jahrhundert gab es für die ärmeren Leute nun mal nur Kartoffeln, Linsen, Bohnen. Und Feuerholz war kostbar. Fehlendes Wechselgeld zog ich jedem Kind von seinem imaginären Lohn ab, ebenso die Kosten für nicht abgelieferte Cremeschnitten. Elf von siebzehn Kindern hatten ihre gegessen. Jetzt waren sie erschöpft und wollten schlafen, aber so war das Leben nicht im neunzehnten Jahrhundert. ›Glaubt ihr, das Dienstpersonal durfte sich ausruhen?‹, fragte ich. ›Und wer serviert das Frühstück?‹ Wobei ich zwei Cremeschnitten aß.«

»Und deshalb nennt Freiburghaus Sie pervers?«

»Nein, sondern um von seinen eigenen Perversionen abzulenken, die ich eines Tages auch beweisen werde. Aber Sie wollen abkürzen, und das geht bei dieser Geschichte nicht. ›Wie steht es um Elsi und Peter?‹, fragte ich. ›Habt ihr einen Weg gefunden, damit sie zueinanderfinden?‹«

»Per Zug, nehme ich an.«

»Ja, das schlugen sie vor. Nur gab es damals in der Schweiz noch keinen. Auch keine Autos. ›Ihr könnt allerdings entscheiden, den beiden eine Eisenbahn zu bauen. Wollt ihr das?‹ Sie nickten müde, und endlich durften sie sich etwas zurücklehnen. Ich schob eine Englischlektion ein und las ihnen von der ersten Dampflokomotive mit Personenwagen vor, der ›Catch me who can‹. Sie war auf dem Euston Square in London als Zuschauersensation aufgestellt worden. Dann verteilte ich Spickzettel mit den damaligen Argumenten für und gegen den Bau einer Eisenbahn in der Schweiz, teilte die Klasse in zwei Lager und ließ sie debattieren. Das war witzig, die Kinder vergaßen ihre Müdigkeit: Die Befürworter mussten vorrechnen, wie viel Geld für Schuhe gespart würde, wenn die Leute nicht mehr so viel zu Fuß gingen. Die Gegner beschimpften die Züge als Teufelswerk, glaubten, dass sie Missernten und Ungezieferplagen verursachten und tödliche Krankheiten einschleppten. Gewisse Ärzte warnten auch vor einer Krankheit namens Delirium furiosum, die zwingend alle Reisenden überfalle, da die hohe Geschwindigkeit einer Zugfahrt den menschlichen Geist verwirre. Als ich schließlich zur Abstimmung rief, sprach die Klasse sich einstimmig für den Bau einer Eisenbahnlinie von Zürich nach Baden aus, die den Namen ›Spanischbrötli-Bahn‹ erhielt.«

»Ich hätte ja gern so einen Lehrer gehabt.«

»Der Spaß war allerdings von kurzer Dauer. Sie waren jetzt Unternehmer. In der Mathematikstunde wurden die Bau- und Lohnkosten für die Strecke Zürich – Baden errechnet. Tausend Enteignungen waren zu vergüten, zehn Brücken mussten gebaut werden, zwei Bahnhöfe, sechs Wachthäuser und sechzehn Hütten. Ein Generalinspektor, drei Oberingenieure, zahlreiche Sektionsingenieure, Assistenten, Gehilfen, Volontäre, Bahningenieure mit ihren Ober- und Unterbauassistenten, Wächter und Arbeiter wurden gebraucht, insgesamt über tausend Mann. Um die damaligen Preise mit heute vergleichen zu können, multiplizierten wir alles mit hundert, als Richtwert nahmen wir den Kartoffelpreis. Das Kilo hatte damals drei Rappen gekostet, nach der Umrechnung kostete es drei Franken, das schien ihnen plausibel.«

»Jetzt käme ich aber trotzdem gern zum Punkt«, bemerkte Capaul.

»Keine Sorge, wir steuern darauf zu. Die Kinder mussten hässliche Entscheidungen treffen, denn das höhere Kader forderte horrende Löhne. Für unter zwölftausend Franken im Monat war kein Inspektor zu bekommen, und ohne Inspektoren keine Eisenbahn. Der Generalinspektor heimste eine halbe Million ein. So blieb den tausend einfachen Arbeitern nur ein Batzen pro Stunde, das wären heute zehn Franken.«

»Da sind wir zum Glück inzwischen weiter.«

Moor lachte spröde und fuhr fort.

»›Überzieht ihr das Budget, geht ihr bankrott, und alle verlieren ihre Stelle.‹ Ich schlug ihnen vor, Sträflinge einzustellen, die arbeiteten für fast nichts. Das verführte die Kinder allerdings dazu, den Lohn so niedrig anzusetzen, dass die Sträflinge an Unterernährung starben. Auch den normalen Arbeitern ging es immer schlechter, denn ausgerechnet jetzt gab es Missernten: Ein Liter Milch kostete acht Franken, das Kilo Mehl siebzehn und ein Kilo Schweinefleisch hundertfünfzig. Die Arbeiter konnten kaum sich selbst ernähren, geschweige denn Frau und Kinder. Übrigens ging es den Dienstboten nicht viel besser, freie Kost und Logis plus hundertachtzig Franken zum Monatsende. Eine Cremeschnitte kostete damals vierzig Franken, die meisten Kinder hatten also ein Drittel ihres Monatslohns bereits verjubelt.«

»Das ist nicht fair, das konnten sie nicht wissen.«

»Was ist schon fair? Am nächsten Tag durften sie auf einem Feld das Eisenbahntrassee planieren. Die Mädchen hackten, schaufelten, die Knaben hatten sich darum gerissen, Löcher in einen Felsbrocken zu bohren, um die Sprengungen vorzubereiten. Ihnen war nicht klar gewesen, dass sie ohne Maschinen bohren sollten, nur mit Meißel, Holzhammer und Handbohrer. Nach zehn Minuten hatten alle dicke Blasen an den Händen. Der Bau war längst schon in Verzug, und natürlich war auch damals Zeit Geld. Kam hinzu, dass Bäckerlehrling Peter drauf und dran war, auf Gesellen-Wanderschaft zu gehen. Fanden die beiden Liebenden nicht bald Zeit für ein Rendezvous, würden sie sich für immer aus den Augen verlieren. Also zurück ins Klassenzimmer, wieder rechnen. Die Kinder hätten gern mehr Arbeiter eingestellt, um den Rückstand aufzuholen, doch es fehlte ebenso an Geld wie an Arbeitskräften. Ich schlug vor, dass sie den Bahnarbeitern die Löhne noch mehr kürzen und sie so zu Überstunden zwingen.«

»Advocatus Diaboli.«

Moor grinste.

»Jeder Advokat ist ein Advocatus Diaboli. Weiter im Text. Da keiner eine bessere Idee hatte, rangen sie sich dazu durch, die Arbeiter statt der damals üblichen zehn bis zwölf Stunden neu fünfzehn Stunden täglich arbeiten zu lassen, das an sechs Tagen pro Woche. Dazu kamen zwei bis vier Stunden Fußweg von der Schlafkoje zum Einsatzort. Auch Sonntagsarbeit ließen sie zu. Das Gute daran war, das schlechte Gewissen raubte der Klasse den Appetit, niemand beschwerte sich mehr über die Kartoffelsuppe.«

»Allmählich wird es tatsächlich sadistisch.«

»Oh, es kommt noch besser«, versicherte der Hotzenplotz. »Die Kinder erhielten eine Hiobsbotschaft. Ein völlig erschöpfter Arbeiter hatte geraucht, um sich irgendwie wach zu halten. Das Dynamitlager war explodiert, drei Männer starben.«

Er zündete ein Feuerzeug an, Capaul zuckte zusammen. Der Hotzenplotz brauchte nur Licht, um zu lesen.

»Aus der Bauchronik: ›Von sechs bis sieben Verwundeten sind drei so schrecklich zugerichtet, dass man sie für tot vom Platze trug. Dennoch lebten noch alle, und die Ärzte machten Anstalten für mehrere Amputationen. Am meisten wird ein junger, allgemein beliebter Aufseher von Eglisau bedauert, der bald hernach in rasendes Delirium verfiel. Zwei der Verwundeten sind am Zehnten durch den Tod von ihren Schmerzen erlöst worden. Ein gleiches Schicksal muss man auch dem dritten, schrecklich Verstümmelten wünschen.‹«

Der Hotzenplotz hielt das Feuerzeug hoch, um Capauls Gesicht zu studieren, dann ließ er die Flamme ausgehen und erzählte weiter.

»Das waren nicht die einzigen Toten, die dem Sparkurs zum Opfer fielen. Ein schlecht ausgebildeter Kondukteur hatte sich während der Fahrt aus dem Zug gelehnt und war von einem Brückenpfeiler geköpft worden. Da es in den Wohnverschlägen und Suppenküchen keine Toiletten und Waschmöglichkeiten gab, starben Dutzende Arbeiter an Typhus und Syphilis. Viele verloren bei Sprengungen Arme, Beine oder das Augenlicht. Andere wurden bei einer zeitsparenden, aber gefährlichen Grabtechnik, dem ›Unterhöhlen‹, lebendig begraben. Die Kinder sahen sich gezwungen, mit Verletzten und Hinterbliebenen Entschädigungen auszuhandeln, und natürlich durften sie auch hier das Budget nicht überschreiten. Mehr als zwei Wochenlöhne Entschädigung erhielt keiner, Sozialversicherungen gab es ohnehin nicht. Glücklichere Invaliden wurden von ihrer Heimatgemeinde unterstützt, die übrigen verreckten auf der Straße. ›Können wir nicht einen einzigen Inspektor entlassen?‹, schlug ein Kind vor. ›Dann hätten wir genug Geld.‹ Aber sofort traten die anderen Inspektoren in Streik, das ganze Projekt drohte zu scheitern. Dazu kam, dass die Inspektoren mit den Investoren befreundet waren. Nur die gewöhnlichen Arbeiter wehrten sich nicht, dazu waren sie zu müde.«

»Ich habe keine Ahnung mehr, was das mit Freiburghaus zu tun hat«, stellte Capaul fest. »Aber wie geht es aus?«

»Nun, die Kinder weinten zu Hause, einige konnten nicht mehr schlafen. Erste Eltern riefen an, denen ich versicherte, dass wir reine Faktenkunde betreiben.«

Es knisterte, Moor packte wohl einen Kaugummi aus.

»Am nächsten Tag philosophierten wir. Recht und Gerechtigkeit, homo homini lupus. Die, die am härtesten arbeiten, verdienen das wenigste Geld. Die einen leben von Cremeschnitten, die anderen von Kartoffelsuppe. Die einen arbeiten fünfzehn Stunden, die anderen fahren ins Thermalbad. ›Angesichts all der Ungerechtigkeiten‹, fragte ich die Klasse, ›wollt ihr die Eisenbahn überhaupt noch?‹«

»Ohne die Eisenbahn kommen Elsi und Peter nicht zusammen«, stellte Capaul fest.

»Stimmt, nur: Kann Elsi sich die Zugfahrt überhaupt leisten?«

»Kann sie nicht?«, fragte Capaul erschrocken.

»Nun, die einfache Fahrt dritter Klasse Zürich–Baden kostete damals umgerechnet achtzig Franken. Elsi verdient im Monat hundertachtzig.«

»Aber Peter verdient doch auch Geld.«

»Er ist Lehrling, damals zahlten Lehrlinge noch für ihre Ausbildung. Nein, die beiden werden sich nicht finden.«

»Dann muss die Eisenbahn eben billiger werden, so billig, dass alle damit fahren können«, rief Capaul.

»Ja, der Vorschlag fiel auch in der Klasse. Ich fragte: ›Ist billig gut?‹ – ›Ja‹, rief die Klasse. ›Wollt ihr, dass in Zukunft alles billig ist?‹ – ›Ja, hurra!‹«

»Hurra«, sagte auch Capaul.

»Am nächsten Morgen wurde gefeiert. Zur Belohnung für die harten Tage gab es Erdbeeren und Ananas. Die Kinder stürzten sich darauf.«

»Kann ich mir vorstellen.«

»Während sie aßen, zeigte ich ihnen Bilder von Menschen, die in südspanischen Treibhäusern gehalten werden wie Sklaven, ohne Bett, ohne Dusche. ›Da kommen eure Erdbeeren her. Diese Flüchtlinge leben jetzt, heute, in diesem Moment so wie damals eure Eisenbahnarbeiter. Zwölf Stunden Arbeit, Stundenlohn vier Franken.‹ Ich zeigte Kinder in asiatischen Textilfabriken. ›Eure Billig-T-Shirts werden von diesen Kindern hier genäht, die noch nie in ihrem Leben gespielt haben, die, seit sie gehen können, Tag für Tag zwölf Stunden lang sich mit krummem Rücken die Finger wund nähen, um nicht zu verhungern.‹ Ich zeigte ihnen Jugendliche in Goldminen, die mit Drogen abgefüllt werden, damit sie die Schmerzen ihrer Arbeit aushalten und die permanente Angst, lebendig begraben zu werden.«

Es wurde noch finsterer im Zimmer, draußen waren die Straßenlampen gelöscht worden.

»Ich fragte die Klasse: ›Und warum das Elend? Weil wir alles billig haben wollen. Weil wir auf Luxus nicht verzichten wollen. Weil wir nicht teilen wollen. Weil wir heute die sind, die vor hundertfünfzig Jahren nach Baden ins Thermalbad sind und ihre Dienstboten schikaniert haben, damit sie ihnen zum Frühstück fette Brötchen bringen.‹«

»Haben sie geweint?«

Der Hotzenplotz kaute leise schmatzend.

»Ja, manche. ›Und jetzt‹, sagte ich, ›will ich, dass ihr heimgeht und eure Schränke durchsucht. Fragt euch bei jedem Schmuckstück, jeder Spielkonsole, jedem Kleidungsstück, woher es kommt. Lest die Etiketten, sucht im Internet, findet heraus, ob es fair hergestellt wurde. Wenn nötig, schreibt die Firmen an. Die Zeit ist vorbei, in der ihr euch damit herausreden konntet, dass ihr von nichts wusstet. Jeden Tag leiden und sterben Menschen für uns. Denkt an diese Menschen, wenn ihr nächstes Mal in eine Ananas beißt. Denkt an sie, wenn ihr ein T-Shirt für fünf Franken kauft. Fragt euch: Wer hat dafür geblutet?‹«

Capaul wartete eine Weile auf eine Fortsetzung, dann fragte er: »War es das etwa?«

»Ja, das war es. An jenem Abend rief mich der Rektor an und erklärte, dass ich freigestellt sei. Es gab ein Verfahren, den Rest kennen Sie. Vermissen Sie noch immer den Punkt?«

»Nein, ich will wissen, was aus Elsi und Peter wurde.«

Moor lachte überrascht auf.

»Nachdem die Spanischbrötli-Bahn in Betrieb war, wurden die Brötchen mit dem Zug geschickt. Elsi musste nur noch zum Zürcher Bahnhof.«

»Das heißt, sie sahen sich nicht wieder?«

»Ja, das heißt es.«

Capaul stand auf und sah aus dem Fenster auf die Gleise. Es musste weit nach Mitternacht sein, das Tal war finster. Er fühlte sich wie einer, der von einer langen Reise zurückkehrt. Die Toten aus Erl, seine Polizeikollegen, Bernhild, alles schien in weite Ferne gerückt. Selbst an Silke dachte er wie an eine Fremde.

Der Hotzenplotz unterbrach seine Gedanken. »Sehen Sie die Eisenbahnkurve?«, fragte er vom Sessel aus.

»Man kann sie schlecht übersehen.«

»In dieser Kurve ist vor einigen Jahrzehnten der Mittagszug Chur–St. Moritz entgleist. Ein Wagon lag quasi vor Ihren Füßen. Es gab drei Tote.«

»Wirklich buchstäblich hier am Fenster?«

»Faszinierend, nicht wahr?«

Ja, das fand Capaul sogar sehr faszinierend, er wollte es nur nicht gestehen.

»Ich weiß nicht, was Sie damit sagen wollen.«

Der Hotzenplotz lachte leise. »Doch, Sie wissen es genau, darin sind Sie nicht anders als ich. Die Nähe des Todes wertet den Ort, an dem Sie stehen, auf.«

Etwas in Capaul sträubte sich.

»Nur dass ich nicht verdächtigt werde, einen Mord begangen zu haben.«

Nun lachte der Hotzenplotz laut heraus.

»Das ist nur eine Frage der Zeit. Menschen wie Sie und ich werden nicht verschont.«

Und Silke, dachte Capaul. Nun war sie ihm wieder ganz nah.

»Was glauben Sie«, fügte Moor noch an, »wieso ich heute die Fotos gezeigt habe? Findet man den wahren Täter nicht, greift man auf Menschen wie mich zurück. Menschen, die niemand vermissen wird. Ich zog es vor, rechtzeitig meine Unschuld zu beweisen.«

Dann wünschte er ihm eine gute Nacht.

XIV

Capaul schlief sehr schlecht in dieser Nacht. Erst fror er erbärmlich, dann quälte ihn Schüttelfrost. Einmal kämpfte er sich hoch und torkelte zum Fenster, weil er sich einbildete, draußen sei ein Zug entgleist und in die Pension gerast. Als er ins Bett zurückkehrte, war es völlig nass geschwitzt. Am Kopfende fand er eine trockene Stelle, rollte sich ein wie ein Igel und versuchte sich zu beruhigen, indem er vor sich hin murmelte: »Delirium furiosum, Delirium furiosum …«

Das hatte offenbar geholfen, denn als er wieder erwachte, war strahlend heller Tag.

Eine raue Stimme hatte ihn geweckt, die zärtlich sang:

»Wake up, wake up
Wherever you are
And meet a young lady
Who fell from a star.«

Er richtete sich ächzend auf und entdeckte Silke, die im selben Sessel saß wie zuvor der Hotzenplotz. Sie kämmte mit den Fingern die Fransen ihres weißen Ponchos.

Als sie sah, dass er wach war, lächelte sie und erklärte: »Du musst mich fahren.«

»Wie kommst du hierher?«, fragte er verdattert. »Woher weißt du, wo ich wohne?«

»Sagen wir, ein guter Geist hat mich hergeführt. Zieh dich an, es ist fast Mittag.«

Capaul stand auf und ging ins Bad. Er war noch etwas wackelig, aber weit besser auf den Beinen als in der Nacht. Außerdem schien ihm die Welt gerade leuchtend schön, so als träume er noch.

Als er ins Zimmer zurückkam, war es leer. Eilig zog er sich an und suchte sie erst im Flur und im Foyer, dann verließ er die Pension über die Veranda. Auch den Hotzenplotz hatte er nirgends gesehen.

Unten auf der Straße trat Silke gerade aus dem Volg, sie hatte Frühstück für ihn gekauft, eine süße Teigtasche und Fertigkaffee.

»Damit werde ich dich während der Fahrt füttern.«

Er führte sie zum Auto.

»Wo fahren wir denn hin?«

»La Punt-Chamues-ch«, sagte sie nur. Und als sie dort waren: »Albula.«

Die Fahrt über den Pass war auch diesmal wieder herrlich. Silke hatte das Fenster heruntergekurbelt, streckte eine Hand in den Wind, mit der anderen hielt sie eine große Tasche auf den Knien.

»Steckt da drin auch mein Frühstück?«, fragte er kokett, als sie die ersten Kurven hinter sich hatten.

»Natürlich, wie konnte ich das vergessen«, rief sie, setzte sich auf und fütterte ihn mit kleinen Happen.

»Piep«, sagte er, wenn er mehr wollte, als wäre er ein Vogeljunges.

Nachdem die Fütterung beendet war, lehnte Silke sich wieder zurück, zog die Schuhe aus und legte die nackten Füße auf die Armatur, um sie zu sonnen. Weil Capaul nieste, erst gelegentlich, dann immer öfter, schloss sie das Fenster. Sie legte den Kopf zurück und sah schweigend aus halb geschlossenen Augenlidern auf die Straße.

Plötzlich war es sehr still im Auto, die Erinnerungen holten Capaul ein. Die Leichtigkeit, die ihn seit dem Aufstehen begleitete, verlor sich zwar nicht, doch ein warmes Gefühl von Sorge gesellte sich dazu. Auf der Passhöhe fragte er sie, ob er weiterfahren solle, und als sie schweigend nickte, sagte er: »Die Wasserscheide des Albula. Im Tunnel hat es übrigens auch eine, wusstest du das?«

»Nein«, sagte sie. Mit einem Anflug von Interesse wandte sie ihm den Blick zu, doch gleich darauf sah sie wieder hinaus. Sie hatte zu summen begonnen.

»Mich faszinieren diese Wasserscheiden«, erklärte er, während er zügig den Nordhang hinabfuhr. »Millimeter entscheiden darüber, ob ein Regentropfen nach Süden reist, in die Bever, danach in den Inn und zuletzt wohl ins Schwarze Meer, oder nordwärts, in den Rhein und hoch zur Nordsee. Zwei Tropfen fallen Seite an Seite aus derselben kleinen Wolke und nehmen so unterschiedliche Wege.«

»Der Bach heißt Beverin.«

»Ach ja, stimmt. Und den Menschen geht es nicht anders. Da kommen drei aus demselben Dorf, und irgendetwas Winziges, ein an sich vielleicht ganz unbedeutendes Detail, entscheidet darüber, wen von ihnen es zu den Guten verschlägt, wen zu den Bösen.«

Silke lachte auf.

»Die Guten, die Bösen … Ach, Massimo, du Kind, so was gibt es nur im Märchen. Jeder Mensch birgt die ganze Palette, von Rabenschwarz bis Blütenweiß, mal so, mal so. Keiner ist besser als der andere.«

Capaul dachte kurz nach, dann gab er zu: »Das hat was, jedenfalls klingt es besser. Aber trotzdem gibt es doch Menschen, die unverzeihliche Dinge tun, Dinge, die sie für den Rest des Lebens prägen. Da experimentiert zum Beispiel ein Lehrer mit neuen Unterrichtsmethoden, haut dabei ein einziges Mal über die Stränge und erhält lebenslanges Berufsverbot. Oder noch viel krasser, jemand tötet. Vielleicht gibt es gute Gründe für einen Mord, weil man viele andere Menschen damit rettet etwa. Trotzdem ist man von da weg Mörder oder Mörderin, im eigenen Kopf genauso wie in denen der anderen. Das schleckt keine Geiß weg.«

Inzwischen hatten sie die rot-weiße Sicherheitssperre oberhalb von Preda erreicht, wo ein Stück des Straßenrands weggebrochen war.

»Du hast keine Ahnung, was Geißen so alles wegschlecken«, bemerkte Silke belustigt. »Jetzt aber langsam, gleich nach der Sperre biegen wir ab.«

Ein schmaler Kiesweg führte hinab zu jenem Bergsee, den Capaul schon bei der ersten Fahrt flüchtig erspäht hatte. Er lag ganz bezaubernd, umgeben von Lärchen, deren Wipfel sich gerade golden färbten, das Wasser leuchtete tiefgrün und blau und war so glatt, dass sich darin die schattigen Berge, der wolkenlose Himmel und der flammend helle Wald ganz makellos spiegelten. Zu allem Überfluss – vielleicht der Straßenrandsperre wegen – waren sie allein.

»Von dem See habe ich schon gehört«, fiel Capaul ein, »das soll der schönste Ort der Schweiz sein.«

»Der Lai da Palpuogna«, sagte Silke, nahm ihn lächelnd bei der Hand und zog ihn mit sich.

Schweigend spazierten sie ein Stück, dann bat Capaul: »Verzeih, wenn ich so direkt frage, aber trifft dich der Tod von Alois und Toni überhaupt nicht?«

Sie hielt an und zog eine Augenbraue hoch.

»Weiß ich schon, dass Toni auch tot ist?«

Capaul lachte, allerdings aus Überforderung.

»Stimmt ja, woher solltest du das wissen? Trotzdem hast du es gewusst, oder nicht?«

»Das sind etwas viele Fragen auf einmal«, stellte sie fest und ging weiter. »Doch, es trifft mich. Ich mochte die beiden, und ihr Tod ist einer der Gründe, wieso du und ich heute hier sind. Ich bin traurig, aber die Trauer besetzt mich nicht. Verstehst du den Unterschied? Ganz abgesehen davon kann man auch in der Trauer glücklich sein.«

»Bist du glücklich?«

»Jetzt gerade? Sehr. Gönnst du es mir nicht?«

»Doch, unbedingt, niemandem mehr als dir!« Er hielt wieder an. »Aber Hand aufs Herz: Bist du glücklich trotz ihrem Tod oder wegen dem Tod?«

Sie lachte nicht leicht wie bisher, sondern rau und kehlig.

»Du bist mir einer«, rief sie. »Sei bitte nicht beleidigt, aber deine Fragen sind komplett unsinnig. Auch hier gibt es kein Entweder-oder, kein Schwarz oder Weiß, Gut oder Böse. Dass Alois und Toni am Leben waren, hat meine Welt schön gemacht. Dass sie tot sind, macht sie auch schön.«

Capaul versuchte zu begreifen.

»Jemand auch aus Erl, ein Herr Rupprechter, hat vor ein paar Tagen gesagt: Es gibt eine Schönheit des Tages und eine Schönheit der Nacht. Meinst du das?«

»Das richtige Zitat geht anders«, verriet sie ihm. »›Man hat sein Lüstchen für den Tag und sein Lüstchen für die Nacht, aber‹« – damit hob sie den Zeigefinger – »›man ehrt die Gesundheit.‹ Das ist Nietzsche, aus *Also sprach Zarathustra*.«

Gleich darauf hatten sie den See umrundet. Wo das Ufer zu morastig war, führte ein Steg den See entlang, so auch hier. Silke kniete darauf nieder und hielt die Hand ins Wasser. Capaul nieste inzwischen andauernd. Weil er kein Taschentuch hatte, riss er Blätter von den Büschen.

»Bist du allergisch?«

»Nein, erkältet. Ich war gestern den halben Tag in nassen Schuhen unterwegs.«

»Du bist aber auch verweichlicht. Jedes Mal, wenn ich dich sehe, wirkst du so wackelig. Tu gefälligst etwas für deine Gesundheit.«

»Und was?«

»Für den Anfang würde ich sagen, schwimm mit mir über den See.«

»Wie bitte? Es ist September, das Wasser muss eisig sein.«

»Ach was, ich schätze, acht Grad. Die Faustregel besagt, dass wir acht Minuten im Wasser bleiben können. Es gibt nichts Besseres für den Kreislauf.«

»Aber doch nicht, wenn man schon angeschlagen ist.«

»Wann dann? Du bist doch immer angeschlagen.«

Sie nahm ein Badetuch aus der Tasche, breitete es auf den Planken aus und setzte sich.

»Komm.«

Nachdem er einen Vorrat an Schnupfblättern gepflückt hatte, setzte er sich neben sie.

»Willst du nun doch nicht ins Wasser?«

»Doch, aber ich sehe, ich muss es anders anpacken«, sagte sie. »Es gibt einen Grund, wieso das Baden hier verboten ist.«

»Ist es?«, rief er erleichtert. »Dann darf ich sowieso nicht, als Polizist.«

Sie sah ihn vorwurfsvoll an.

»Massimo, ein bisschen mehr Romantik. Es gibt hier nur dich und mich, und mich kümmert der Polizist nicht. Ich will den Menschen Massimo.«

Er versuchte in ihren Augen zu lesen.

»Wirklich?«

»Ja, was glaubst du, wieso ich mit dir hier bin?«

»Weil ich ein Auto habe?«

»Massimo, du kannst wirklich jede Stimmung töten! Zweiter Versuch.«

»Weil es hier schön ist?«

»Na ja, näher dran immerhin. Die Schönheit hat einen Grund, genau genommen einen doppelten, und dieser doppelte Grund ist wiederum der Grund, warum wir hier sind.«

»Du machst dich über mich lustig.«

»Nicht wirklich. Du musst wissen, dieser See ist verbunden mit einem zweiten, unterirdischen.«

Sofort fiel ihm sein Traum wieder ein, er sah Silkes aufgeschwemmte Leiche vor sich.

Fassungslos sagte er: »Davon habe ich geträumt.«

»Das glaube ich dir gern. Aber weißt du auch, was der zweite See bedeutet?«

»Dass man hinuntergezogen wird und ertrinkt.«

Das schien sie viel weniger zu entsetzen als ihn.

»Möglich, aber weißt du, wohin man dann kommt?«

»Nein, natürlich nicht. Das wissen nur die Toten.«

»Und hast du nicht gesagt, du beneidest sie darum?«

Capaul sah einem rot-schwarzen Käfer zu, der sehr gemächlich über Silkes nackten, schön durchbluteten Fußknöchel kroch. Ja, manchmal beneidete er die Toten, aber jetzt galt sein Neid diesem Käfer. Er hätte Silke sehr gern berührt. Doch was immer sie davon gehalten hätte, mit dem Schnupfen war daran sowieso nicht zu denken.

»Ich bin gerade restlos glücklich, mit dir hier zu sitzen«, sagte er, »ich brauche nichts anderes.«

Sie ließ aber nicht locker.

»Du bist wirklich eine harte Nuss. Drehen wir es so: Du hast die Wahl, entweder steigst du gemeinsam mit mir in diesen See und landest vielleicht an einem zauberhaften Ort, einem Ort, an dem alle Schatten verfliegen, an dem es nichts Finsteres mehr gibt, nur Licht, nur Leben …«

»Oder was?«

»Oder du verlierst mich für immer.«

Die Vorstellung, nackt mit Silke in den See zu steigen, erregte ihn. Trotzdem reizte eine Laune ihn zum Widerspruch. Er hatte wieder niesen müssen und schnäuzte sich, dann erklärte er: »Das ›vielleicht‹ könnte ich ja noch überhören, denn natürlich ist deine Vorstellung von diesem See eine bloße These. Doch die These selber hinkt. Wo kein Schatten ist, kann auch kein Körper sein, denn nur Körper werfen Schatten. Und wer ist dann noch dieses ›wir‹? Was begrenzt dich und mich, wenn nicht unsere Körper? Wenn es wiederum diese Begrenzung nicht gibt, wie können wir einander nahe bleiben? Wir werden uns auflösen, uns verlieren, wir zwei einander ebenso wie jeder von uns sich selbst.«

Er war ziemlich stolz auf sich und gespannt, was sie

erwidern würde. Doch Silke hatte die Lust am Spielen ganz plötzlich verloren.

»Schade«, sagte sie traurig. »Dann schwimme ich allein.«

Bevor er seine Weigerung überdenken konnte, war sie aufgesprungen, nahm die Tasche und ging um den See zur anderen Seite. Sie brauchte dazu nur einige Minuten. Drüben zog sie sich aus, steckte die Kleider in die Tasche und ließ sie liegen. Nackt und leicht fröstelnd stand sie da und sah ihn auch nicht mehr an.

Beklommen sah Capaul zu, wie sie ins Wasser stieg, er fühlte sich wie ein Verräter. Dann fiel ihm ein, dass er auf ihrem Badetuch saß, das sie doch drüben brauchte. Noch besser, sagte er sich, ist die Überlebensfolie, und rannte zurück zum Auto, um sie zu holen. Dann schnappte er sich das Tuch und lief damit um den See. Silke war nun im Tiefen, sie schwamm mit kräftigen Zügen und war schnell in der Seemitte.

Gern hätte er sie bei ihren Kleidern erwartet und abgerubbelt, das wagte er dann aber nicht. Immer mehr wuchs die Furcht, dass die Wahl, vor die sie ihn gestellt hatte, ganz ernst gemeint war. Er legte Tuch und Folie auf ihre Tasche und ging zum Sitzplatz zurück. Silke watete schon wieder ins Flache.

Die genaue Stelle, an der sie gesessen hatten, erkannte Capaul am kleinen Käfer, dessen Hinterteil leider inzwischen zerquetscht war, Silke oder er mussten auf ihn getreten sein. Die auslaufende Körperflüssigkeit klebte ihn ans Holz, sosehr er auch mit den verbliebenen Beinen stemmte, er kam nicht mehr los. Capaul schnippte ihn in den See.

Als er wieder hinübersah, trocknete Silke sich gerade ab, dann hüllte sie sich ins Tuch und setzte sich ans Ufer. Er hoffte auf einen Gruß oder einen kleinen Dank, dass er ihr das Tuch gebracht hatte, doch sie blickte nur, das Kinn auf die angezogenen Knie gelegt, irgendwo in die Weite.

Und plötzlich war Capaul klar, dass er nicht auf sie verzichten konnte. Er kämpfte sich hoch – die Wege zum Auto und um den See hatten ihn angestrengt – und riss die Kleider vom Leib. Daran, dass er sterben könnte, dachte er gar nicht, nur an die Kälte, vor der ihn ängstigte. Die ersten Meter ins Wasser hinein rannte er, zumindest so gut er konnte, denn überall lagen große Steine. Er schlug den Zeh an, doch der war bereits gefühllos vor Kälte. Gleich darauf stolperte er und lag bis zur Brust im Wasser, was ein Segen war, denn nun gab es kein Zurück mehr. Japsend versuchte er eine Art Hundeschwumm, während sein ganzer Körper wie von Nadeln durchstochen wurde. Allerdings nur ganz kurz, dann überrollte ihn eine herrliche Hitzewelle. Plötzlich fühlte er sich frei und unbesiegbar, er wollte jauchzen und richtete sich auf, um Silke zu winken. Das hätte er besser bleiben lassen, denn dabei geriet er unter Wasser, und die Kälte traf den Schädel wie ein Hammerschlag. Panisch dachte er: Wenn du jetzt die Orientierung verlierst, doch im selben Moment war er wieder oben. Inzwischen waren seine Glieder wie Blei, das Atmen fiel ihm schwer.

Aber er schaffte es ins Flache, und dort wartete Silke. Lachend nahm sie ihn in Empfang, stützte ihn und zog ihn, wenn er einsackte, wieder hoch. Als sie das Gras erreichten, klappte er zusammen. Kein Glied ließ sich mehr rühren, nur seine Zähne schlugen aufeinander, dass er dachte: Hoffentlich halten sie. Und alle paar Sekunden durchfuhr ihn ein Schütteln, das den ganzen Körper hin und her warf.

Silke rubbelte ihn ab. »Siehst du, wir haben es geschafft«, hörte er sie sagen. »Sie haben uns nicht geholt, wir dürfen leben.«

»Wer hat uns nicht geholt?«, stammelte er, gleich nahm das Zähneklappern zu. Er wollte sie ansehen, eigenartige Gedanken fuhren ihm durch den Kopf: Sie ist meine Prämie, sie ist mein Jagdglück. Doch sein Blick versagte, oder das Hirn. Er begriff noch, dass sie die goldene Überlebensfolie über ihn ausbreitete und zu ihm kroch. Sie legte sich auf ihn, nackt, wie sie war, und durch ihr Gewicht beruhigte sich sein Körper. Das Schütteln und Zucken jedenfalls nahm ab. Dafür waren ihm die Lider so schwer geworden, dass er sie nicht mehr heben konnte. Delirium furiosum, fiel ihm wieder ein, das wäre ein guter Witz gewesen, aber er lallte nur noch.

Von dem Moment an, als er beschloss, sich einfach fallen zu lassen, hörte er, dass sie zu ihm sprach, mit ganz ruhiger, brüchiger Stimme. Sie schien etwas zu erzählen, eine Art Märchen. Das Wort »See« verstand er noch, oder auch »Seelen«. Einmal »Totenseelen«. Und etwas von Zwergen und Wölfen.

Dann versank er.

XV

Als Capaul erwachte, war er allein. Die Sonne verschwand gerade hinterm Berg, und ehe er begriff, wo er war, sagte er sich, dass es klug war, aufzustehen und heimzugehen, solange er den Weg noch sah. Seine Kleider lagen ordentlich zusammengelegt neben ihm, ein Falter beschnupperte gerade eine Schuhspitze. Capaul wunderte sich, wie schwer es ihm fiel, sich aufzurichten. Auch das Anziehen dauerte Ewigkeiten und trieb ihm den Schweiß aus den Poren.

»Das wird die Höhe sein«, sagte er sich. »Die Höhe oder etwas, das ich gegessen habe.«

Während er um den halben See marschierte, nahm er sich vor, wieder einmal zu fasten. Noch besser, er lebte eine Weile lang nur von Beeren – wie wer schon wieder?

Der Weg war weit, der See viel größer, als er erinnerte. Und auch sein Auto stand nicht, wo es hätte stehen müssen. Nun denn, so stellte er sich eben an den Straßenrand und wartete darauf, dass es zurückkam. Er sollte ihm einen Namen geben, damit er es ein andermal rufen könnte.

Da hielt ein Bus. Er wartete mit laufendem Motor, dann sah der Fahrer aus dem Fenster und rief: »Was ist, kommen Sie mit oder nicht? Ich fahre nach La Punt-Chamues-ch. Nach mir kommt keiner mehr.«

»Doch, doch, dann schon«, sagte Capaul und suchte die Tür.

»Hier lang«, rief der Fahrer und stieg aus. »Haben Sie einen Sonnenstich?«

»Nein, das wüsste ich«, sagte Capaul.

Der Fahrer half ihm die Treppe hoch.

»Haben Sie Geld?«

Capaul kramte in seinen Taschen und fand in einem Säcklein eine Münze.

Der Fahrer lachte: »Die ist vom Albuladurchstich. Sind Sie sicher, dass Sie die hergeben wollen? Sieht aus wie Silber.«

»In den Minen verhungern die Kinder«, erklärte Capaul. »Es ist besser, sie auszugeben.«

Er suchte sich einen Sitzplatz und sah aus dem Fenster. Der Schweiß rann ihm vom Körper, er sorgte sich, dass er den Sitz schmutzig machen könnte. Um die Polster zu schonen, wollte er die Überlebensfolie ausbreiten, fand sie aber nicht. Eine noch viel größere Sorge überfiel ihn, als sie die Passhöhe erreichten und er erkannte, dass sein Schweiß von nun an in zwei verschiedene Meere fließen würde, der Wasserscheide wegen. Das konnte unmöglich gesund sein. Er versuchte sich durch den Bus zum Fahrer durchzukämpfen, damit er ihn aussteigen ließ, doch der rief gar nicht mehr freundlich: »Hinsetzen, verdammt!«

Capaul setzte sich gehorsam zu Boden.

»Nicht da, in den Sessel. Und am besten schnallen Sie sich an.«

Capaul setzte sich in seine Sitzreihe zurück, das Anschnallen vergaß er.

Beim nächsten Halt verließ der Fahrer das Steuer und kam zu ihm.

»Soll ich dafür sorgen, dass Sie in La Punt eine Ambulanz übernimmt?«

»Nein, nein, ich habe selber ein Zelt«, versicherte Capaul und wollte ihm die Überlebensfolie zeigen, auf der er saß, fand sie aber nicht.

»Sie sind ja vielleicht drauf«, sagte der Fahrer und gab ihm die Münze zurück. »Nicht dass Sie das später bereuen.«

Das war Capaul nicht recht.

»Ich bin noch nie umsonst gefahren.«

»Dann werfen Sie bei Gelegenheit etwas in einen Opferstock.«

Auf der Weiterfahrt zerbrach er sich den Kopf darüber, woher er das Wort »Opferstock« kannte.

»Ich weiß nicht, ob ich mein Versprechen halten kann«, sagte er zum Fahrer, als er in La Punt ausstieg.

»Hauptsache, Sie kommen heil nach Hause. Ich kann immer noch die Ambulanz rufen.«

»Nicht nötig, ich werde abgeholt«, versicherte Capaul.

Er war davon ausgegangen, dass in La Punt das Auto auf ihn warten würde. Dem war nicht so. Eine Weile lehnte er am Stationshäuschen und musterte seine Tennisschuhe, von denen einer weiß und einer rot war, und fragte sich, was das bedeutete. Vielleicht war es ein Bahnsignal? Oder Beeren mit Milch. So fiel ihm Silke wieder ein. Er hob den Kopf, weil ihm vom Auf-die-Füße-Starren schwindlig wurde, und direkt vor ihm hing ein Plakat mit ihrem Bild. Die Schrift verschwamm vor seinen Augen, aber »Silke« konnte er entziffern. Auch das auf dem Bild war ganz eindeutig Silke.

Zwei Frauen gingen vorbei, und er fragte sie, was auf dem Plakat stand.

»Eine Schauspielerin erzählt Bergsagen«, klärten sie

ihn auf. »Und zwar gleich. Wir zwei sind auf dem Weg dorthin. Sollen wir Sie mitnehmen?«

»Auf den Berg? Um diese Zeit noch?«

»Oh, das ist nicht auf dem Berg, sondern draußen in Lavin. Kommen Sie, der Zug fährt gleich.«

Damit Silke nicht enttäuscht war, wenn nur die zwei Frauen kamen, ging er mit. Tatsächlich stiegen in Lavin ganz viele Menschen aus dem Zug und liefen ins Dorf hinab. Der Umzug erinnerte Capaul an die Adventsmärsche in Leimbach, die er als Kind geliebt hatte, nur fehlten hier Kerzen. Kein Wunder, er hatte auch versäumt, Geld in den Opferstock zu werfen – mittlerweile kannte er das Wort wieder. Nachdem er zwei, drei Menschen für sein Versäumnis um Entschuldigung gebeten hatte, verschwand die Prozession in einem Haus. Hatten die Frauen nicht gesagt, Silke trete draußen auf? Also blieb er auf der Straße, als Einziger. Als er zwei Brunnen bemerkte, fiel ihm erst auf, wie ausgetrocknet er war, und er nutzte die Wartezeit, um abwechselnd aus den beiden Becken zu trinken.

Dann erschienen wieder zwei Frauen in der Tür, doch andere. Sie waren viel jünger, hatten langes, wehendes Haar und Wachsgesichter.

»Wir fangen jetzt an. Kommen Sie noch rein?«

»Nein, ich will zu Silke.«

»Genau, Silke Simons Sagenabend. Das ist hier drinnen.«

»Nein, die anderen Frauen sagten ›draußen‹. ›Draußen in Lavin‹. Hier ist doch Lavin?«

»Ja schon. Sie meinten wohl talauswärts, das sagt man hier so. Silke Simon tritt im Kulturlokal La Vouta auf, das ist hier.«

Er blieb skeptisch, doch sie nahmen ihn so freundlich in ihre Mitte, dass er mitging.

Und er bereute es nicht. Drinnen war der Himmel auf Erden. Sie betraten ein warm erleuchtetes Gewölbe, dort reichte ihm jemand ein Glas – ja, man glaubt es nicht! – mit Milch und Beeren. Das sah nun sehr nach Silke aus.

»Wo ist der Opferstock?«, fragte er eine seiner Feen.

»Bezahlen können Sie nachher«, sagte sie, »es fängt nämlich schon an.«

Die andere hatte einen veritablen Ohrensessel für ihn angeschleppt, weil schon alles besetzt war. Solche Sessel gab es genau zwei, der andere stand auf der Bühne, und darin, genau in der Mitte des Gewölbes, saß Silke. Sein Sessel stand ganz vorn neben der Bühne, Capaul war gleich klar, das war kein Zufall. Er gehörte nicht zum Publikum, er gehörte zu ihr. Das schmeichelte ihm sehr.

Inzwischen war das Saallicht ausgegangen, und Silke hatte eine Leselampe angeknipst. Sie sagte etwas auf Romanisch, von dem er nur »Bella saira« verstand. Dabei blickte sie ihn an, und er hatte das Gefühl, auch etwas sagen zu müssen.

Er stemmte sich halbwegs hoch, mehr schaffte er nicht, und rief: »Beeren mit Milch, so haben wir uns kennengelernt. Nun schauen Sie meine Schuhe an.«

Silke stand auf, sprang athletisch von der Bühne und trat zu ihm. Er dachte, sie wolle ihn umarmen, doch sie schob ihn nur in den Sessel zurück und sagte leise: »Du siehst scheiße aus, mein Lieber. Geht es?«

Er nickte heftig, weil ihr Flüstern ihn daran erinnert hatte, dass man in der Kirche schwieg.

Völlig unnötig deshalb ihre Ermahnung: »Sei hübsch still und hör nur zu.« Das wollte er gern.

Während sie wieder auf die Bühne stieg, suchte er nochmals in allen Taschen nach der Überlebensfolie, denn dieser Sessel war zweifellos noch kostbarer als die Sitze im Bus. Doch Silke warf ihm einen strengen Blick zu. »Psst«, zischte sie, da ließ er es bleiben.

Er war stolz auf sie und hing an ihren Lippen.

»Jedes Jahr«, erzählte sie, »beschließe ich meine Zeit im Engadin mit einem Auftritt im La Vouta. Jedes Jahr ist mir dieser Auftritt wie ein Gottesdienst, ein Moment voller Dankbarkeit für alles, was mir den Sommer über geschenkt wurde, voller Wehmut, dass ich wieder fortmuss, und voller Freude. Denn jedes Jahr nehme ich neue Schätze mit, die ich unter den bedauernswerten Menschen in den Städten verteile.«

Kurz überfiel Capaul von Neuem die Sorge, er könnte die Spende für den Opferstock vergessen, und er verpasste einige Sätze. Als er wieder hinhörte, war sie ganz woanders. Doch er begriff sofort, wovon sie sprach.

»Verliert man einen Menschen, ist das immer ein schmerzliches Erlebnis. Beim ersten denkt man: Bitte nie wieder. Beim zweiten: Nicht schon wieder. Beim dritten, vierten wird es Zeit, den Tod in anderem Licht zu sehen. In diesem Sommer musste ich von zwei Menschen Abschied nehmen, die mich über viele Jahre begleitet haben. Und wunderbarerweise wurde mir gerade da eine Geschichte geschenkt, die allen Schmerz verwandelt hat.«

Kurz sah sie zu Capaul und lächelte. Er lächelte zurück und winkte.

»Eine alte Engadiner Sage, so alt, dass sie offenbar niemand mehr kennt. Das ganz unscheinbare Heftchen entdeckte ich auf dem Dachboden eines fünfhundert Jahre alten Bauernhauses. Wo genau, verrate ich nicht.

Wer weiß, welche Schätze dort noch schlafen. Die Sage heißt *Il lai da las ormas*. Der See der Seelen. Dieser See, im Inneren eines Berges gelegen, hebt auf zauberhafte Weise den Gegensatz von Leben und Tod auf. Es ist ein Ort von vollkommenem Glück. Allerdings kennen nur die Toten den Namen des Bergs und den Weg, der in jenen See führt. Wir Lebenden können ihn bestenfalls erahnen.«

Capaul war sehr bewegt. Er wollte etwas beisteuern, nein, eigentlich wollte er angeben. Ich war da, wollte er rufen, die Wasserscheide ist der Weg. Wieder kämpfte er sich aus dem Ohrensessel hoch. Im Eifer verschluckte er sich allerdings an seiner Spucke, er hustete, aus dem Husten wurde ein Röhren wie das eines Hirschs, und es ließ sich nicht stoppen, es drohte seine Brust zu zerreißen, dazu gesellte sich ein feuriger Schmerz. Als der Anfall endlich nachließ und er keuchend und röchelnd in den Sessel zurücksank, war er zu erschöpft, um zuzuhören. Er dämmerte weg, ließ sich treiben im steten, sanften Fluss ihrer Stimme und gelangte in eine andere Welt. Eine Welt, die von goldenen Käfern besiedelt war, von sprechenden Ziegen und einem Wolfsrudel. In der es Rosenblätter schneite, Zwerge auf den Händen liefen und der Tod nicht mehr war als ein Mittagsschläfchen, ein glückseliges Schweben zwischen Zeit und Zeit. Auch er selbst starb in dieser Welt, und doch war nichts vorbei. Danach wusch ihn ein Rotbärtiger mit siedend heißem Wasser, peitschte ihm die alte Haut vom Leib und legte einen vom Leben noch völlig unberührten Jüngling frei. In ein schneeweißes Nachthemd gekleidet, wurde er zu einem See geführt, der die Schönheit selbst war. Butterzarte Wellen lockten plätschernd: Komm, komm. Und er hatte eben einen Fuß ins Wasser gesetzt, fühlte, wie das nackte Leben ihn durchströmte, wie Tod und Leben mit einem Mal dasselbe waren …

Da wurde er wach. Sehr zu seinem Ärger, viel lieber hätte er weitergeträumt. Um ihn war sehr viel Weiß, es piepste, etwas steckte in der Nase, und sein rechter großer Zeh schmerzte.

Er fühlte eine Hand auf seiner, jemand sagte: »Mensch, Massimo, dich scheint der Herrgott doppelt und dreifach zu mögen.«

Es war Bernhild. Sie saß neben dem Bett. Als er den Kopf drehte, wischte sie gerade eine Träne weg. Peter stand dahinter und hielt sich an ihren Schultern fest.

»Junge, Junge«, nickte er.

»Delirium furiosum«, sagte Capaul und lachte ansatzweise über seinen Witz, dann schlief er wieder ein.

Als er das zweite Mal erwachte, war Visite. Das Zimmer voller Ärzte. Ein Rotbärtiger hörte seine Lunge ab.

»Mazel tov«, sagte er zu Capaul, als der die Augen öffnete. »Das nenne ich mal eine flotte Genesung.«

»Was war denn?«, fragte Capaul benommen. »Ich habe mich ganz gut gefühlt.«

»Sie scheinen auch groß aufgetrumpft zu haben«, sagte der Arzt. »Ein richtiges Bühnentalent.«

Capaul dämmerte es.

»Mit Silke? Stimmt, wir sind jetzt ein Team. Wir haben den See der Seelen durchschwommen. So was schweißt zusammen.«

»Aber nächstes Mal reicht auch eine Nummer kleiner, hören Sie?«

»Versprochen«, sagte Capaul, obwohl er keine Ahnung hatte, worauf sich der Rotbart bezog. »Was ist eigentlich mit meinem Zeh?« Dort fühlte er einen dumpfen Schmerz.

»Sie hatten ihn blutig angeschlagen. Das war aber das Geringste. Eine Lungenentzündung hat Sie fast umgebracht.«

»Aha«, sagte Capaul. »Und wo bin ich hier?«

»Im Krankenhaus in Samedan.«

Dann war die Visite vorbei, die Ärzte zogen weiter und gaben den Blick auf Jon Luca frei, der hatte in der Zimmerecke gewartet.

»Kommst du, um mich zu verhören?«, fragte Capaul.

»Nein, weil ich dich mag, du Irrer.«

»Ich habe viel aufgedeckt. Ich habe nur vergessen, was.«

»Macht nichts, streng dich nicht an. Wir haben alles im Griff.«

Capauls Gedanken spielten Pingpong.

»Wo ist mein Auto? Ich hoffe, es steht nicht wieder im Parkverbot.«

»Wir haben deinen feschen Chrysler, alles in bester Ordnung.«

»Wo war er denn?«

»Stand vor dem Lokal La Vouta. Ganz regulär geparkt. Ich habe es vor die Pension gestellt.«

All das klang gut.

»Aber habe ich dem Hotzenplotz die Miete bezahlt? Er ist ein feiner Kerl, nur verschroben. Wir haben eine ganze Nacht geredet.«

»Worüber?«

»Das weiß ich nicht mehr, aber ich erinnere, dass ich dachte: Chapeau.«

»Wegen der Miete, wir haben Moors Adresse.«

Capaul grinste.

»Franz heißt die Kanaille.«

»Nein, Peter.«

»Weiß ich doch, das war Schiller.« Er feixte, endlich hatte er auch ein Zitat. »Und ich kenne die Adresse, wir wohnen ja zusammen. Pensiun Dingsda.«

»Trais Piz. Inzwischen ist er heimgereist.«

»So plötzlich?«

»Was heißt ›plötzlich‹, du bist schon eine Weile hier.«

»Wirklich? Ich habe aber mein Gepäck in der Pension.«

»Alles noch dort. Ich habe mit dem Besitzer telefoniert, er hat Geduld.«

»Dann ist ja gut«, sagte Capaul erleichtert. »Dann schlafe ich noch eine Runde.«

Im selben Augenblick war er schon eingeschlafen.

Drei Tage später durfte er das erste Mal das Krankenhaus verlassen. Er ließ sich vom Rotkreuzdienst nach Bever fahren, um in der Pensiun Trais Piz die Schuhe zu wechseln, er wollte nicht mit dem blutgetränkten Tennisschuh herumlaufen. Allerdings waren die Halbschuhe nach dem Baden in der Pfütze und im Bach steinhart eingetrocknet, mit dem Verband am Zeh kam er gar nicht erst hinein.

Es zog ihn zu Silke, er musste so vieles noch begreifen. Natürlich war es bis zu ihr viel zu weit, er war noch nicht bei Kräften. Aus Nostalgie kaufte er bei Volg eine Apfeltasche und kalten Fertigkaffee, setzte sich ins Auto, dann startete er den Motor und fuhr zum CVJM-Heim nach La Punt.

Er hatte die ganz leise Hoffnung gehabt, dort noch auf bekannte Gesichter zu treffen, den Götti etwa oder Robin und Laura. Aber inzwischen herrschte ein ganz anderes Treiben. Die gesamte Anlage war von Fahrradfahrern besetzt, irgendwelchen Sportskanonen. Im Hof war eine Werkstatt eingerichtet. Überall wurde gestretcht oder massiert. Capaul wurde auch bald verscheucht wie ein Hund, vielleicht fürchtete man Spitzel.

Er kehrte nach Samedan zurück. Inzwischen war es fast fünf Uhr, Zeit, ins Krankenhaus zurückzukehren. Doch er konnte es nicht lassen und sah nach, wann der nächste Zug nach Spinas fuhr. Viertel nach.

Wenn das mal kein Zeichen ist, dachte er. Nach dem Kaffee fühlte er sich besser. Und irgendwo hatte er gelesen, dass die Liebe alle Wunden heilt.

Auf der langen Treppe hoch zu Gleis 2 spürte er die Lunge wieder. Doch da fuhr bereits der Zug ein, keine Zeit zu zaudern. Er erwischte ihn gerade noch, und als er gleich darauf am Krankenhaus vorbeifuhr, keuchend und zusammengekrümmt in seinem Sitz, freute er sich wie ein Schulbub über seinen Streich.

XVI

Der Marsch die Val Bever hinab wurde zäh. Die Landschaft war hinreißend, die Lärchen verloren bereits ihre Nadeln und färbten die Waldhänge und Wiesen bronzefarben. Doch es war kalt geworden, er fror und schwitzte zugleich, außerdem schmerzte der Zeh.

Ihm war klar, dass es eine Dummheit war, sich gleich wieder zu verausgaben. Nur hatte er keine Wahl, er musste Silke wiedersehen.

Noch bevor er den Bauwagen wiederfand, stach ihm ein beißender Gestank in die Nase, es roch verschmort. Dann entdeckte er die Überreste des Wagens, er erinnerte an eine verbeulte Konservendose. Einige Blechplatten waren aufgebogen, das Fenster herausgesprengt, es musste eine gewaltige Explosion gegeben haben. Innen war alles ausgebrannt.

Capaul wagte den Wagen nicht zu betreten, einerseits der Spuren wegen. Vor allem aber fürchtete er sich davor, was er drinnen antreffen könnte.

Er rief Jon Luca an.

»Silkes Wagen ist ausgebombt. Wo ist sie? Was ist passiert?«

Jon Luca stöhnte.

»Wieso weißt du das schon? Ich wollte dich schonen.«

»Ist sie tot?«

»Himmel, nein. Sie ist nur überhastet abgereist, sie hatte gelesen und die Zeit vergessen. Plötzlich musste sie rennen, um den Zug noch zu erwischen. Dabei hat sie die Kerze angelassen und in der Hetze auch noch eine Teekanne umgeworfen. Sie hatte Karbid gelagert, der Tee floss in den Behälter und hat das Karbid getränkt. Gas trat aus, die brennende Kerze, bumm. Peter, bei dem sie den Wagen über den Winter einstellt, hat den Unfall bemerkt, als er ihn holen wollte. Zum Glück war der Wagen nicht aus Holz, und es hatte gerade erst geregnet, so ist das Feuer verpufft. In anderen Jahren hätte es einen Waldbrand gegeben.«

»Was heißt: ›Sie ist abgereist‹?«, fragte Capaul.

Er musste husten.

»Du klingst noch nicht gut«, stellte Jon Luca fest. »Es ist idiotisch, dass du gleich wieder da rausrennst.«

»Ich weiß. Aber jetzt sag, wo sie hin ist. Zurück nach Hamburg?«

»Indirekt, sie tingelt noch mit ihrem neuen Programm durch ein paar Bündner Dörfer. Diese Woche ist sie in Bergün im Kurhaus.«

»Ist sie auch krank?«

»Das Kurhaus ist ein Hotel, und ihr geht es offensichtlich blendend.«

»Woher weißt du das?«, wollte Capaul wissen. Gegen jede Vernunft plagte ihn die Eifersucht.

Jon Luca blieb gelassen.

»Ich habe Augen im Kopf. Natürlich gab es nach der Explosion so einiges zu regeln. Dummerweise ist Silke schlecht versichert. Aber sie hatte Glück im Unglück, der Schaden für den Wald ist gleich null. Und Peter kümmert sich darum, dass die Ruine abgeschleppt und fachgerecht entsorgt wird.«

»Bernhilds Peter?«

»Ja, genau. Er hat seinen Hof in Bever.«

Capaul hustete wieder.

»Ich komme jetzt und hole dich ab«, verkündete Jon Luca. »Schaffst du es bis zum Schießstand?«

»Natürlich. Wie lange ist Silke noch in Bergün?«

»Ich werde mich erkundigen«, versprach Jon Luca und hängte auf.

Als Capaul hustend und hinkend den Schießstand erreichte, wartete Jon Luca schon im Kastenwagen der Polizei.

»Du musst dich dringend entspannen«, sagte er und wendete.

»Wie lange ist sie da?«

»Noch für mindestens zwei Nächte. Ich habe ihr ausrichten lassen, dass noch nicht alles geklärt ist und sie sich weiterhin bereithalten soll. Versprich mir aber, dass du nicht losziehst, bevor der Arzt dir grünes Licht gibt.«

»Was ist mit den Mineuren?«

»Was soll mit ihnen sein?«

»Ist der Fall geklärt?«

»Ja, schon längst. Der erste ist verunfallt, der zweite hat sich umgebracht. Die beiden waren seit ihrer Kindheit wie siamesische Zwillinge.«

»Schön.«

»Eher etwas krankhaft, meiner Meinung nach.«

»Ich meine, schön, dass alles geklärt ist.«

Jon Luca grinste.

»Wenn du mal nicht reinfingerst, geht es ganz fix.«

Im Krankenhaus begleitete er Capaul noch auf die Station und wartete, bis der Arzt ihn untersucht hatte.

»Vielleicht sollten Sie ihn über Nacht festbinden«, scherzte er.

»Habe ich schon«, sagte der Arzt und zeigte auf eine Ampulle. »Sie werden zwölf Stunden bestens schlafen«, erklärte er Capaul. »Und ab morgen ändern wir die Medikation, damit Sie weniger benommen sind.«

»Das heißt, ich kann morgen raus?«

»Was soll ich sagen? Sie gehen doch sowieso. Ich wäre aber froh, wenn Sie über Nacht jeweils wiederkehren, damit wir das Schlimmste verhindern.«

Das wollte Capaul versprechen, doch ehe er dazu kam, schlief er.

Am nächsten Tag fühlte er sich so gut wie gesund. Auch der Zeh war schlanker einbandagiert und passte besser in den Schuh. Er war zu aufgeregt, um zu frühstücken. Gleich nachdem die Schwesternhilfe ihn rasiert hatte, ließ er sich zum Bahnhof bringen und nahm den Zug nach Bergün.

Das Kurhaus lag leicht erhöht nahe dem Bahnhof, ein regelrechter Palast mit großen, altmodischen Glasfronten, mit Säulen und schönen Fliesen. Auf einer Tafel las Capaul, dass das Hotel hundert Jahre zuvor zusammen mit der Eisenbahnlinie über den Albula geplant worden war. Er schämte sich für seine Wanderklamotten und den blutgetränkten Schuh, aber die Eingangshalle war bis auf eine Rezeptionistin leer. Und als sie hörte, dass er Polizist war, wurde sie ganz freundlich. Eine Silke Simon hatte sie nicht auf der Liste, dafür eine Silke Hackl.

»Erwartet sie Sie?«

»Ich glaube, ja. Dummerweise habe ich keine Zeit angegeben.«

»Manchmal liest sie im Damensalon«, verriet sie und sah nach, doch vergeblich. Dann fiel ihr ein, dass Silke

Tennisstunden nahm, die Spielfelder lagen gleich beim Park hinter dem Hotel.

Capaul ging hin, sah aber nur zwei junge Männer spielen. Er setzte sich in die Sonne und wartete. Die Wärme tat ihm gut, und es duftete nach Herbstlaub.

Dann stand plötzlich einer der Tennisspieler neben ihm und rief verwundert aus: »Sieh an, der Massimo.«

Capaul brauchte eine Sekunde, bis er Silke erkannte. Sie hatte das Haar pomadisiert und zu einem strengen Scheitel gekämmt, dazu trug sie Bundfaltenhosen und einen sicherlich sehr teuren Strickpulli mit Dreiviertelärmeln, alles im Stil der Zwanzigerjahre. Nur der Tennisschläger war modern.

»Hallo«, sagte er und stand auf.

Alles war ganz anders, als er sich ausgemalt hatte. Es gab keine Umarmung und keinen zärtlichen Blick, kein gehauchtes »Ach, du!«, nicht einmal ein Lächeln.

Sie musterte ihn nur neugierig aus Augen, die schmal wie die einer Katze waren, dann sagte sie: »Ich sterbe vor Durst, kommst du mit?«

Obwohl die Temperaturen in der Sonne fast sommerlich waren, ging sie an den Tischen vor dem Kurhaus vorbei – »Man erkältet sich so leicht« – und steuerte den Glaspavillon an.

»Gleich drei bitte«, sagte sie im Vorbeigehen zum Kellner, »plus eine für ihn.«

Nachdem sie sich gesetzt hatten, stützte sie die Ellbogen auf, legte das Gesicht in die Hände und betrachtete ihn vergnügt und schweigend.

Capaul sah ihre schönen muskulösen Unterarme mit den feinen blonden Härchen an, dann fragte er: »Müssen wir nicht reden?«

»Müssen wir? Dann bitte.« Sie lehnte sich entspannt zurück. »Rede, ich höre zu.«

»Ich habe vor allem Fragen.«

»Dann frag.«

Der Kellner kam mit vier Gläsern Limonade. Zwei davon stürzte sie in je einem Zug hinunter, mit dem dritten prostete sie ihm zu. »Diese Zitronenlimonade könnte ich momentan wannenweise trinken.«

Er nahm achtlos einen Schluck.

»Sind wir jetzt … Ich meine, nach dem Bad …« Er stotterte. »Was sind wir jetzt?«

»Sauber?«, sagte sie neckend.

»Ich meine, sind wir ein Paar? Du hast gesagt, steigen wir zusammen in den See, bleiben wir auch zusammen.«

Sie legte nachdenklich den Kopf schief.

»Kann sein, dass ich so was gesagt habe. Aber sind wir zusammen hineingestiegen?«

»Na ja …«

»Na nein.«

Sie machte sich über ihn lustig.

Er wünschte, er hätte sich im Vorfeld eine Strategie zurechtgelegt, oder es gelänge ihm wenigstens, etwas Ordnung in seinen Gedankenwust zu bringen.

»Du hast mein Auto genommen«, sagte er zusammenhangslos. »Ich hätte erfrieren können.«

»Ja, das tut mir leid. Ich habe dich partout nicht wach bekommen. Um den halben See schleppen konnte ich dich ja schlecht. Immerhin habe ich dafür gesorgt, dass Peter dich holt.«

»Peter?«

»Hast du ihn nicht angerufen? Ich hatte dir seine Nummer auf einen Zettel geschrieben.«

»Da war kein Zettel.«

»Er steckte in deinem Schuh, damit er nicht davonweht.«

Capaul bezwang den Drang, die Schuhe auszuziehen.

»Ach so, ja dann«, sagte er. »Wie dumm, dass ich ihn nicht gesehen habe.«

Inzwischen hatte sie auch das dritte Glas geleert.

»Trinkst du deine Limonade nicht?«

»Nicht unbedingt.«

Sie nahm sein Glas.

»Aber es hat Spaß gemacht, oder nicht?«, fragte sie mit breitem Lächeln. »Ist damit die Fragestunde beendet?«

»Nein.«

Er musste sich überwinden.

»Warst du im Zug, als Toni gesprungen ist?«

»Ja.«

Sie sagte es so leichthin, dass er einen Augenblick brauchte, um sich zu fassen.

»Warst du dabei?«

»Ja.«

»Ist er gesprungen oder gefallen?«

Sie wippte mit dem Kopf hin und her.

»Eher gefallen.«

Er beugte sich vor.

»Was heißt ›eher‹?«

Silke seufzte.

»Eigentlich möchte ich nicht daran denken. Es gibt so viel Schöneres, worüber wir reden könnten.«

Capaul schoss das Blut ins Gesicht.

»Was zum Beispiel?«

Sie lächelte verschämt.

»Ich bin schwanger.«

Wieder wirbelten Capauls Gedanken durcheinander.

»Von mir?«, fragte er, obwohl ihm klar war, dass es nicht sein konnte. Doch die Hoffnung war stärker.

Silke lachte schallend.

»Dummkopf, nein, ich war schon schwanger, als wir uns das erste Mal getroffen haben.«

»Ist es von Toni oder Alois?«

Sie machte ein schelmisches Gesicht und hob die Achseln.

»Wer weiß. Ich war in meinem Leben schon drei-, viermal schwanger, nach ein paar Wochen ist es jedes Mal abgegangen.«

»Abgegangen?«

»Ich habe es verloren. Irgendwann habe ich mir gesagt: ›Ich bin offenbar einfach kein Mensch, der Leben hervorbringt. Ich bin ein Mensch, der …‹«

»Leben zerstört?«

Wieder lachte sie.

»So weit würde ich nicht gehen. Aber es gibt Menschen, die bei ihrer Geburt mit einem Bein im Jenseits stehen, und das ändert sich auch nie. Du weißt, wovon ich rede, Massimo, du bist auch so einer.«

»Ich?«

Er wusste nicht, ob sie recht hatte, aber es freute ihn, dass sie eine Meinung von ihm hatte.

»Jedenfalls habe ich gelesen«, fuhr sie fort, ohne weiter auf ihn einzugehen, »dass dies ein Phänomen bei Menschen ist, die im Mutterleib einen Zwilling hatten, der aber nicht ausgetragen wurde, weil er in einem frühen Entwicklungsstadium starb. Interessant, nicht? Egal, ich hatte immer diese sehr warme, innige Sehnsucht nach dem Tod. Das ist einer meiner Wesenszüge, der andere ist, dass ich eine überaus verspielte Person bin. Wie du dir denken kannst, sind diese zwei Wesenszüge in Kombination gelinde gesagt riskant.«

»Riskant für wen?«

»Für Menschen, die sich auf mich einlassen.«

»War deine Jugendfreundin Helene Kamm so ein Mensch?«

»Heli?« Erstmals tat sich in Silkes Blick ein kleiner Abgrund auf. »Ja, sie war der erste. Wir haben allerhand Spiele mit dem Tod angekratzt, sind aber nie sehr weit gegangen, wir waren beide Angsthasen. Erst als Heli begriff, dass ich sie nie so lieben würde wie sie mich, wurde sie mutig. Wir waren Landeier, deshalb hieß unser letztes Spiel: Wer steckt den Kopf länger ins Jauchesilo? Das ist bei uns der Klassiker, unsere Bauern erhängen sich entweder im Stall oder vergasen sich im Jauchesilo.«

»Und Heli hat gewonnen.«

»Genau.«

»Was war das für ein Gefühl?«

»Was denkst du wohl? Verarscht habe ich mich gefühlt. Sie ist jetzt da, wo ich mich nicht hintraue.«

Capaul wurde der Mund trocken.

»Darf ich doch noch einen Schluck?«

Sie schob ihm das Glas wieder hin und rief dem Kellner zu: »Noch eine bitte.« Sie kam auch sofort.

Als der Kellner wieder fort war, fragte Capaul: »Und der nächste war Alois? Oder gab es welche dazwischen?«

»Mit Loisls Tod habe ich nichts zu tun«, stellte sie klar. »Zumindest nicht direkt.«

»Was heißt das?«

»Wir haben zusammen Theater gespielt, das ist ein paar Jahre her.«

Er nickte: »Fünf.«

»Also fünf, du Pingel. Ich war Maria Magdalena, Loisl und Toni waren Apostel. Sie waren dicke Freunde. Wir drei hatten zusammen eine Gesangsnummer. Genauer gesagt, hatte ich mit jeweils einem ein Duo, sie waren eine Doppelbesetzung, Johannes, glaube ich. Prompt haben sich beide in mich verknallt. Mir waren sie viel zu jung, was sie nicht daran gehindert hat, sich um mich zu prügeln, und zwar nach jeder Probe.«

»Obwohl sie wussten, dass sie keine Chance hatten?«

Silke lächelte verschmitzt.

»So direkt habe ich ihnen das nie gesagt, ich war natürlich neugierig, wie weit sie gehen. Hätte einer der beiden das Dorf angezündet, mich auf sein Pferd gehoben und wäre mit mir davongaloppiert, wäre ich schon schwach geworden. So toll war ich dann offenbar doch nicht, denn eines Tages haben sie sich gesagt, bevor unsere Busenfreundschaft für eine Frau in die Brüche geht, ziehen wir gemeinsam in die Fremde. Das war nicht sehr schmeichelhaft für mich. Sie kamen so zum Tunnelbau, ich kehrte zurück zum Profitheater, erst nach Berlin, dann nach Hamburg. Um mein Heimweh nach den Bergen zu stillen, komme ich seither jeden Sommer ins Engadin.«

»Dann war es Zufall, dass ihr euch wiedergetroffen habt?«

»Ja, und als ich in Preda aufgetreten bin, habe ich sie gar nicht erkannt. Da war eine Horde Männer, und alle mit offenem Mund …«

Sie lachte.

»Erst als Toni durch den Tunnel spaziert kam … Nein, das stimmt nicht, die ersten beiden Male kamen sie zu zweit. Da hatten sie Wochenende. Wir machten uns vor, wir wären jetzt reif genug, eine schöne asexuelle Freundschaft zu dritt aufzubauen. Dann, als die Arbeit wieder anfing und Toni Frühschicht hatte, kam Loisl allein, und bei Loisls Schicht kam Toni.«

»Und mit beiden hast du geschlafen?«

Sie hob gleichgültig die Schultern.

»Du musst wissen, intim sind für mich andere Dinge.«

»Welche?«

Sie lächelte.

»Über gewisse Dinge kann man nicht sprechen, ohne sie zu zerstören.«

»Waren wir zwei intim?«

Sie überlegte.

»Vielleicht nahe dran. Sagen wir, du hattest es in der Hand.«

»Gilt das immer noch?«

»Was?«

»Habe ich es immer noch in der Hand?«

Etwas in ihrem Blick erlosch. Es war, als würde eine Lampe ausgeknipst.

»Wolltest du nicht über Tonis Tod reden?«, fragte sie.

»Ich schon, aber du nicht.«

»Jetzt sind wir ja schon mittendrin. Aber erst entschuldige mich einen Augenblick.«

Während sie in Richtung Toilette ging, zog Capaul unauffällig die Schuhe aus, erst den sauberen, dann den blutigen. Vorn in der Spitze ertastete er tatsächlich etwas wie einen gefalteten Zettel, vollgesogen mit Blut. Doch er war so verklebt, dass Capaul den Schuh wieder anzog, ohne den Zettel herauszunehmen.

XVII

Als sie zurückkam, summte sie: *Es ist ein Weinen in der Welt*, und sie hatte wieder dieses Leuchten, wie es schwangere Frauen haben. Im Vorbeigehen hatte sie sich aus dem Obstkorb einen Apfel geschnappt.

»Wo waren wir stehen geblieben?«, fragte sie, bevor sie hineinbiss.

»Ich wollte nur noch sagen, dass ich tatsächlich einen Zettel in meinem Schuh gefunden habe.«

Sie sah ihn amüsiert an.

»Dachtest du, ich lüge?« Sie ersparte ihm die Antwort, indem sie sagte: »Ach, ich weiß wieder, Alois und Toni in der Val Bever.«

»Genau. Wussten sie vom Kind?«

Silke zeigte wieder dieses verschmitzte Lächeln.

»Ich muss gestehen, ich konnte nicht widerstehen. Ich wollte auch dieses Mal sehen, was passiert. Es war dumm, weil ich damals noch ganz sicher war, dass ich es wieder verliere, und das habe ich ihnen auch gesagt. Aber da war zwischen ihnen schon die Hölle los. Jeder sah sich als Vater. Wir hatten vor, am Sonntag wie erwachsene Menschen zu reden. Offenbar wollte Loisl in der Nacht aber schon heimlich rüberkommen. Toni hat es gemerkt, ist ihm nach, rein in den Tunnel, und als ein Zug kam, hat Toni ihn nicht in die Nische gelassen. Zack, das muss ganz schnell gegangen sein.«

Sie aß nachdenklich den Apfel fertig.

»Danach haben Toni und ich es zusammen versucht«, fuhr sie fort. »Aber Loisl war immer mit von der Partie, wenn du verstehst. Wohlan, ihr hört im Keller den Gesellen.«

»Welcher Keller?«

»Das war Hamlet.«

»Ja, natürlich. Warum hat er sich nicht der Polizei gestellt?«

»Wegen dem Possele natürlich, so haben sie es genannt. Es musste einen Vater haben. Ich habe ihn gewarnt: ›Du bist jetzt einer von den Bösen. Es ist schwer genug, mit einem Mord zu leben. Aber so musst du es auch noch vor deinem eigenen Kind verbergen!‹«

»Moment«, bat Capaul. »Im Auto hast du noch das Gegenteil gesagt: Es gibt keine ›Bösen‹, jeder Mensch hat alle Seiten. Und warst du nicht der Meinung, das Kind überlebt sowieso nicht?«

Silke sah ihn ertappt an, dann grinste sie.

»Mag sein, mag sein. Ich bin Schauspielerin, Massimo, nicht Philosophin. Ich suche keine Wahrheit, ich suche den Effekt.«

Capaul sah sie ungläubig an.

»Das heißt, du sagst egal was?«

»Nicht egal was. Ich sage, was sitzt.«

»Und das mit dem bösen Menschen hat bei Toni gesessen?«

»Sagen wir, es wäre ihm auch ohne meine Kunst mies gegangen. Am Tag, als er starb, musste ich nach Bergün, um Plakate abzugeben und mir die Bühne anzusehen. Er hatte frei und kam mit. Unterwegs habe ich ihm vom See der Seelen erzählt. Er: ›Ganz offensichtlich ist Loisl da noch nicht angekommen, sonst würden wir ihn nicht immer im Nacken spüren.‹ Ich: ›Stimmt, offenbar halten wir ihn zurück.‹ Toni: ›Wenn man nur wüsste, dass es da wirklich so schön ist. Und wenn das Possele nicht wäre.‹ Ich: ›Das Possele wird sowieso dort landen.‹«

»Wie die anderen?«

»Genau. Daraus entstand die Überlegung, wie wir es so einfädeln können, dass garantiert alle drei sterben, der Toni, das Possele und ich. Eines meiner Spiele. Wir waren noch spazieren, und es gibt hier in Bergün ein hohes Haus gleich bei der Brücke über die Albula, das enorm zum Hinunterspringen verlockt. Aber das Haus ist doch nicht hoch genug, dass alle sicher sterben würden. Im Zug kam ich auf die Idee mit dem Starkstrom: ›Wenn du aus dem Fenster kletterst und die Leitung anfasst, während ich dich halte, sterben alle drei im haargenau selben Augenblick.‹ Toni: ›In der Theorie vielleicht. Bevor ich oben bin, wischt mich ein Tunnel weg. Hier kommt alle Naslang einer.‹«

»Stimmt«, sagte Capaul. »Hundertvierundvierzig Tunnels, zweiundvierzig Brücken.«

Silke nickte.

»Doch genau dann, buchstäblich auf die Sekunde, hielt der Zug. Uns war beiden klar: Das hat Loisl gemacht. Das ist sein Zeichen: Kommt, ich warte. Da gab es natürlich kein Zurück, jedenfalls für Toni nicht. Er: ›Harschdigatti!‹, was bei uns ein übler Fluch ist, und raus. Ich habe ihm irgendwie mit den Händen die Leiter gemacht. Und plötzlich spüre ich das Possele. Oder bilde es mir ein, jedenfalls habe ich etwas gespürt, das mir völlig neu war. Ich dachte: Himmel, was tust du? Dieses Kind lebt, und es will leben. Ich habe Toni heruntergerissen. Mir war egal, ob er fällt oder nicht, ich dachte nur: Fass ja die Leitung nicht an.«

»Du hättest ihn nur loszulassen brauchen.«

»Nein, das sind x-tausend Volt, die springen über, wer weiß wie weit.«

»Und dann ist er gefallen.«

»Sie nickte. Ich denke, für ihn war es das Beste.«

Capaul brauchte einen Moment, um alles zu verdauen.

»Und für dich?«, fragte er dann. »Wie lebst du damit?«

»Gut«, versicherte sie. »Inzwischen gut. Erst war es schwierig, ich habe das Possele nicht wieder gespürt und dachte: Was, wenn du es dir nur eingebildet hast? Hast du dann ein Recht zu leben? Deshalb wollte ich an den Lai da Palpuogna. Über den See zu schwimmen war mein Orakel. Und der Götterspruch war klar: Ich soll leben. Ich bin schuldlos. Oder siehst du, dass je Götter Frevler ehren? Antigone.«

»Warum mit mir? Du hättest den Bus nehmen können.«

Sie zögerte.

»Reicht es, wenn ich dir sage: Schon bald wirst du die Antwort darauf kennen?«

Wieder errötete er.

»Ja, das reicht mir. Und wenn ich frage, warum du dich damals beim Viadukt der Befragung durch die Polizei entzogen hast, während du mir alles so offen erzählst?«

»Ist meine Antwort dieselbe.«

»Das dachte ich mir. Trotzdem musst du dich stellen.«

»Ich sehe nicht ein, wozu das gut sein soll.«

»Es geht nicht nur um Tonis Tod, sondern auch um Loisls.«

Erstmals wirkte sie gereizt.

»Eben, und weißt du, was dann ist? Toni steht als Mörder da. Und das Possele zeitlebens als der Bankert eines Mörders.«

»Vieleicht hat das Kind ja einen anderen …«

»Egal«, fuhr sie ihm über den Mund. »Egal, wer der Vater ist. Toni war kein schlechter Mensch. Nicht schlechter als Loisl oder ich.«

In Capaul keimte ein böser Gedanke.

»Reden wir nicht von ihm, reden wir von dir. Nennen wir es Anstiftung zum Suizid, oder auch nur Beihilfe. In gewissen Fällen ist das strafbar.«

Zu seiner Überraschung entspannte sie sich sofort.

»Willst du mich verpfeifen?«, fragte sie amüsiert.

»Von Wollen kann nicht die Rede sein, aber ich bin Polizist.«

»Du wirst es nicht tun.«

»Was macht dich so sicher?«

Der Kellner unterbrach sie: »Darf ich noch etwas bringen?«

»Nein, aber schreiben Sie alles auf meine Rechnung«, bat sie, dann warteten sie, bis er abgetragen hatte.

Capaul lächelte, erstmals fühlte er Oberwasser.

»Unter gewissen Umständen könnte ich darüber hinwegsehen. Dein Kind braucht einen anständigen Vater.«

»Es wird schon einen bekommen«, versicherte sie ihm, während sie in seinen Augen suchte, als ahne sie, was er im Schilde führte.

»Hamburg hat mich schon immer gereizt«, versuchte er es nochmals.

Sie zeigte ein halbes Lächeln.

»Ich sehe, du hast endlich begriffen, dass ich keine Frau bin, die wählt, sondern eine, die gewählt wird.« Sie nahm den Tennisschläger. »Nur leider zu spät. Ich habe inzwischen ein Angebot erhalten, das ich nicht ausschlagen konnte. Ich ziehe nach Basel.«

»Aber ich habe dich doch jetzt in der Hand«, sagte er fassungslos.

»Hast du das?«, fragte sie amüsiert zurück. »Fahr erst einmal zurück in deine Pension und ruh dich aus.«

Sie stand auf und wartete, bis er sich ebenfalls erhoben hatte, um ihm die Wangen zum Kuss hinzuhalten.

»Wenn du Peter siehst, sag ihm danke«, trug sie ihm noch auf, dann verschwand sie im Hotel, ehe Capaul reagieren konnte.

Seine Verwirrung war vollkommen. Nicht nur hatte er Silke gedroht, er hatte sogar angeboten, belastendes Material zurückzuhalten, wenn sie sich im Gegenzug auf ihn einließ. Das war Korruption. Aber auch Silkes Reaktion war erstaunlich, sie hatte keinerlei Furcht gezeigt, sondern seine Drohung mit einem Lächeln weggewischt. Was machte sie so sicher, dass er ihr nichts anhaben konnte? Und dann: Was hatte sie für ein Angebot? Ging sie ans Theater Basel, was er schwer annahm, war das doch kein Argument, ihn als Vater ihres Kindes abzulehnen.

Er fuhr zurück durch den Albula. Auf der Zugtoilette befreite er ihr Briefchen aus dem Schuh und wusch das Blut ab.

»Verzeih, ich borge dein Auto, bin spät dran«, hatte sie geschrieben. »Ruf Peter an, er holt dich ab.« Es folgte Peters Nummer.

Als Capaul in Samedan ankam, beschäftigte ihn noch immer, dass er offenbar nur die richtige Gelegenheit brauchte, um ein mieser Typ zu werden.

Er wollte hoch zur Kirche und den Opferstock füttern, um wenigstens diese kleine Schuld abzutragen, da begegnete er Bernhild.

»Bist du schon entlassen?«, fragte sie.

»Freigänger«, versuchte er zu scherzen.

»Du humpelst«, stellte sie fest, »und mit deinem blutgetränkten Schuh siehst du aus wie ein Penner.«

Er nickte.

»Hast du Hunger?«, fragte sie und nahm ihn mit in den Wassermann.

Nachdem sie ihm einen Teller aufgewärmte Penne vorgesetzt hatte, zog sie ihm die Tennisschuhe aus, um sie zu waschen, und borgte ihm ihre grasgrünen Crocs.

»Geht doch.«

»Danke«, sagte Capaul kauend.

»Und wo kommst du jetzt unter?«

»Ein oder zwei Nächte schlafe ich noch im Krankenhaus, danach muss ich schauen. Ich habe gesehen, im Albulahospiz gibt es billige Betten.«

»Im Massenschlag«, rief sie. »Außerdem wird dort jetzt winterdicht gemacht. Weißt du was, Massimo? Seien wir nicht so. Zieh hier wieder ein.«

»Du renovierst doch.«

»Ach, das will ich seit zehn Jahren, das kann auch noch ein, zwei länger warten.«

»Ja, und Peter?«

»Ist neuerdings sanft wie ein Lamm, der sagt bestimmt nichts dagegen.«

»Fragen muss ich ihn trotzdem, das gehört sich so.«

»Kein Problem.«

Sie nahm das Telefon, drückte eine Kurzwahltaste und gab ihm den Hörer.

»Unter Männern«, schob Capaul nach.

»Bin schon weg.«

Sie ging in die Küche.

»Hier ist Massimo«, sagte er, als Peter abnahm. »Ich komme gerade von Fräulein Nietzsche.«

Peter schwieg eine Sekunde, dann fragte er: »Du rufst von Bernhilds Nummer an, hört sie mit?«

»Nein. Silke lässt dir danken. Wofür?«

»Dass ich den Schrottwagen entsorge, nehme ich an. Wieso, woran hast du gedacht?«

»An nichts Konkretes. Hast du ein schlechtes Gewissen?«

Wieder dauerte es eine Weile, bis Peter antwortete.

»Man kann sich schon in sie vernarren«, gestand er schließlich. »Nicht dass ich Hoffnungen hätte. Das bleibt alles unter uns, ja?«

»Natürlich«, behauptete Capaul. »Was hast du noch für Silke erledigt?«

»Ach, tausend Kleinigkeiten. Den Wagen nach dem Winter fit gemacht und hochgeschleppt. Ein paar Dinge besorgt. Warum? Hat sie etwas ausgefressen? Steckt sie etwa in der Tunnelsache mit drin? Du, ich will nicht vor Gericht. Bernhild und ich hatten es noch nie so gut wie jetzt, und ich hänge an ihr.«

»Keine Sorge, Silke ist nicht besser oder schlechter als du und ich.«

Er hängte auf, danach stolzierte er in Bernhilds Crocs zur Küche.

»Mit Peter ist alles klar. Dann ziehe ich also wieder ein.«

»Tu das«, sagte sie, und ihre Wangen röteten sich. »Und bring ruhig auch deine restliche Schmutzwäsche.«

Capaul kehrte ins Krankenhaus zurück und telefonierte mit Jon Luca, um ihm die neue Adresse zu melden und zu erzählen, dass er mit Silke gesprochen hatte.

»Ich habe jetzt auch keine Zweifel mehr, dass es ein Unfall und ein Suizid war.«

»Na, hoffentlich«, sagte Jon Luca, »alles andere wäre auch an den Haaren herbeigezogen. Dann schlaf dich ein paar Tage aus, danach werde ich versuchen, dass Gisler dich wieder ins Team nimmt.«

»›Wieder‹ ist gut, ich habe nie angefangen.«

Jon Luca lachte.

Am anderen Morgen wurde Capaul vom Arzt entlassen. Bei der Schwesternhilfe schnorrte er noch eine Tube Vaseline, dann fuhr er zur Pensiun Trais Piz, um zu packen und die Lederschuhe wieder weich zu kneten.

Bevor er auszog, machte er noch einen letzten Gang durchs Haus. Natürlich betrat er auch die ominöse Kammer, in der sich der Hotzenplotz gern eingeschlossen hatte. Es handelte sich um die Wäschekammer, Moor hatte sie als Fotolabor benutzt. Die Rotlichtlampe war noch eingeschraubt, leere Fotopapierschachteln stapelten sich in einer Ecke. Unter dem Waschtisch standen zwei Kanister mit Entwickler und Fixierer. Der Papierkorb war fast leer, nur ein paar Kaugummipapiere und ein Bündel großformatiger Schwarz-Weiß-Abzüge lagen darin.

Capaul blätterte sie durch. Das Herz klopfte ihm bis zum Hals. Nach einigen Varianten der Fotos, die er von der CVJM-Präsentation her kannte, folgte eine Serie, die Silke und Toni gestochen scharf im stillstehenden Zug zeigte. Besonders Silke war hervorragend getroffen, Capaul erkannte sogar ihre Sommersprossen und Krähenfüße. Er sah, wie sie sich gegen die Zugwand stemmte, als sie an Tonis Beinen zerrte. Wie sie ihn zu Fall brachte. Und wie sie danach durch den Zug floh, im Rücken der Reisenden, die in den Fenstern hängend die spektakuläre Aussicht begafften.

Hab ich dich, dachte er aufgeregt. Den Kloß im Hals versuchte er zu ignorieren.

Doch es kam noch eine zweite Serie Bilder. Silke nackt am Ufer des Lai da Palpuogna. Capaul, wie er – gleichfalls nackt – ins Wasser steigt. Capaul liegt in der Wiese, Silke sitzt rittlings auf ihm, nackt. Und als letztes Bild sie beide, Bauch an Bauch, Gesicht an Gesicht, unter der gleißenden Überlebensfolie, Capaul mit geschlossenen Augen, Silke blickt strahlend gerade in die Kamera.

Dieser Abzug war als einziger fett durchgestrichen. Nein, es war ein Zeichen: Bitte wenden.

Capaul drehte das Bild um. Hinten stand mit schwarzem Filzstift geschrieben: »›Alle guten Dinge haben etwas Lässiges und liegen wie Kühe auf der Wiese.‹ Friedrich Nietzsche. – Herr Capaul, bleiben Sie künftig meiner Braut fern. Sonst werden Sie sich wundern, wie schnell ein guter Ruf flöten geht. P. M.«

Capaul musste sich setzen. Er fühlte, wie ihm das Blut ins Gesicht schoss. Ein weiterer Fauxpas, und Gisler würde seine Karriere definitiv beenden. Dann musste er lachen, erst verklemmt, dann laut und lange.

Als er sich einigermaßen beruhigt hatte, verwahrte er die Bilder sorgsam in einer der leeren Schachteln und schob sie in seinen Koffer. Danach verließ er die Pension.

Er ging quer über die Straße zur Kirche. Jemand übte gerade Orgel. Capaul warf seinen letzten Geldschein in den Opferstock, dann setzte er sich in eine Bank und hörte zu. Er saß sehr lange da. Zu Beginn war er benommen und erschöpft, doch immer mehr Gewicht fiel von ihm ab.

Er fühlte sich, als wäre er aus einem bösen Traum erwacht.

Als die Musik abbrach und ein Mädchen mit Brille von der Empore herabkam, fühlte er sich frei, leicht und ausgesprochen jung. Die Notenmappe, die sie vor der Brust hielt, war mit einem Snoopy verziert.

»Warten Sie«, bat er, »ich habe etwas für Sie.«

Das Mädchen wartete verlegen, während er in allen Jackentaschen kramte. Sie versuchte, die Akne an ihrem Kinn mit der Notenmappe zu verdecken.

Endlich fand er die Gedenkmünze und drückte sie ihr in die Hand.

Sie musterte sie misstrauisch.

»Reines Silber«, erklärte er. »Man darf sich nur nicht fragen, wer es abgebaut hat.«

»Aber wofür bekomme ich die? Ich habe mich dauernd verhauen.«

»Wirklich?«, rief er. »Das habe ich gar nicht gemerkt.«

*Bitte beachten Sie auch
die folgenden Seiten.*

»Eine alte Engadiner Sage, so alt, dass sie offenbar niemand mehr kennt. Ich entdeckte sie auf dem Dachboden eines fünfhundert Jahre alten Bauernhauses. Wo genau, verrate ich nicht. Wer weiß, welche Schätze dort noch schlafen. Die Sage heißt Il lai da las ormas. *Der See der Seelen. Dieser See, im Inneren eines Berges gelegen, hebt auf zauberhafte Weise den Gegensatz von Leben und Tod auf. Es ist ein Ort von vollkommenem Glück. Allerdings kennen nur die Toten den Namen des Bergs und den Weg, der in jenen See führt. Wir Lebenden können ihn bestenfalls erahnen.«*
Aus: Gian Maria Calonder, *Endstation Engadin*

Die im Roman erwähnte Alpensage ist im Gatsby Verlag erschienen. Ihr Autor: Tim Krohn.

DER KLEINE GATSBY
im Kampa Verlag

Tim Krohn
Der See der Seelen

Alpensage

So schön die Bergwelt ist, so hart ist das Leben auf dem Hof von Niculinas Eltern. Morgens treibt Niculina die Geißen auf die Weide, wo auch die gleichaltrige Ladina eine Herde hütet, die von einem gemeinsamen Hof mit Niculina träumt. Doch zum Träumen hat Niculina keine Zeit, abends muss sie sich um die Nona, ihre Großmutter, kümmern, die den Tod kommen spürt. Als Niculina von einer geheimnisvollen Höhle im Piz Spiert im Wolfstal hört, in der der See des Lebens versteckt ist, weiß sie, was sie zu tun hat – und ahnt nicht, dass sie dafür alle irdischen Fesseln sprengen muss. Ohne Veränderungen, ohne den Tod gibt es kein Leben, lernt Niculina. Doch einige Dinge, etwa eine Freundschaft, ein Garten voller Lupinen und das unberührte Tal, das durch einen geplanten Steinbruch bedroht wird, sollten für immer bleiben, wie sie sind. Und dafür hat die Nona über ihren Tod hinaus gesorgt.

»Tim Krohn kennt man als Erzähler
leuchtender, schwebender Geschichten.«
Gabriele von Arnim / Tages-Anzeiger, Zürich